미스터 브라우닝

미스터 브라우닝

민넘 장편 소설

미스터 브라우닝

Mr. Browning: A Guy Who Had Many Names
Copyrights © 2022 by minnim

Published in the United States by BRIOblue

All rights reserved. No part of this publication may be reproduced, distributed, or transmitted in any form or by any means, including photocopying, recording, or other electronic or mechanical methods, without the prior written permission of the publisher, except in the case of brief quotations embodied in critical reviews and certain other noncommercial uses permitted by copyright law. For permission requests, contact the publisher below.

Brioblue Pictures, LLC
www.brioblue.com

ISBN: 979-8-218-02649-3

1st edition, July 2022

This is a work of fiction. Names, characters, places, and incidents are either the product of the author's imagination or are used fictitiously. Any resemblance to actual persons, living or dead, business establishments, events, or locales is entirely coincidental.

for James

A Guy Who Had Many Names

차례

휴가 후유증 I   13

만남   25

기록   77

교우 관계   135

비윤리적 현상   251

환상 VS. 망상   297

휴가 후유증 II   315

불화의 씨   341

사후 검토   355

작가의 말   363

무의식을 의식하게 될 때까지 무의식은 우리 삶을 지배할 것이고, 우리는 그것을 운명이라 부른다.

— 칼 융(Carl Jung)

Mr. Browning

POST- VACATION BLUES I

휴가 후유증 I

minnim

커피 향에 언뜻 눈을 떴다.

커피 포트 위에서 5시간은 족히 달인 싸구려 커피.
대로변 주유소 마트에서 길러 온 듯한 쓰디쓴 카페인.

뉴저지 팰리새이드 파크 어느 후미진 골목에 위치한 곳에서 생산하는 건강 보조제와 엇비슷한 맛일지도 모르는 일이었다. 이른바 '차이니즈 메디신'이라 불리는 정체불명의 검은 액체와 냄새까지 닮았다. 그 질 낮은 냄새는 내 무거운 눈꺼풀을 기어이 들어 올리고야 말았다.

'어떻게 간 것입니까?'
'정확히 언제입니까?'
'누구와 함께 갔습니까?'
'무엇을 발견했습니까?'

협잡꾼!

놈은 집요했다. 같은 질문을 고집스럽고 끈질기게 반복했다. 아마도 내 입에서 만족스러운 대답이 나올 때까지 그는 멈출 생각이 없는 모양이었다. 하지만 나는 '어떻게 하면 여길 빠져나갈 수 있을까?' 하는 궁리로 급급했다. 그의 물음 따위는 들리지도 않았다.

'당신과 어떤 관계입니까?'

매우 악착스러운 게 못된 땅벌을 보는 듯했다. 그의 천진한 가면 뒤에 숨겨진 징그러운 실체를 마주해야 하는 것 또한 고역이었다. 나는 눈을 감아버렸다.

아득하게 먼 곳에서 신나는 리듬과 선율이 가느다랗게 들려왔다.

It might seem crazy what I am about to say
지금부터 내가 하는 말, 미친 소리처럼 들릴지도 몰라

Sunshine she's here, you can take a break
하늘에서 햇빛이 내려온 것 같다니까, 넌 잠깐 쉬어도 될 것 같아

I'm a hot air balloon that could go to space
나는 열기구와 같지 우주까지 닿을 수 있다니까

With the air, like I don't care, baby, by the way
공기만 있다면 말이야, 사실 상관없어 baby 신경도 안 쓰거든

패럴 윌리엄스의 〈해피〉였다.

나오미…….

발갛게 달아오른 나오미의 뺨.

로스카보스 하늘을 붉게 물들이던 노을을 배경으로 긴 갈색 머리칼이 바람에 흩날렸다. 뜨거운 햇살 아래 넘실거리는 바다의 손짓에 미소를 지었다. 선상 스피커에서 흘러나오는 〈해피〉에 맞추어 그녀의 하얀 발이 사뿐사뿐 움직였다. 그녀의 옅은 민트 색 선드레스가 가볍게 팔랑거렸다. 푸른 사파이어 빛깔의 바다와 잘 어울렸다. 나오미는 함께 춤을 추자고 내 손을 잡아당겼다.

'행복해. 너무…….'

별안간 밝게 웃던 나오미의 둥근 얼굴이 우글쭈글 해졌다.

충격과 공포로 휘감긴 붉은 얼굴.

나오미의 이마에 물결 모양의 주름이 일었다. 초록빛 눈에서 눈물이 흘러내렸다. 핏대가 굵게 선 목에서 절절한 외침이 쏟아져 나왔다.

'안돼! 그럴 리가 없어! 절대로!'

나오미의 절규가 귓가에 쟁쟁하게 울려 퍼졌다.

모처럼의 휴가에서 돌아온 우리의 행복이 놈 때문에 갈가리 찢겨 나갔다. 내가 헐렁해진 틈을 처음부터 노렸던 것이다. 나는 눈을 다시 떴다.

나오미의 말대로 돌아오지 말 걸 그랬어!

나오미는 이혼 후 여섯 번째 여자 친구였다. 세 번째와 비슷한 몸매의 소유자였지만, 키는 한 뼘 이상 컸다. 첫 만남이 떠올랐다. 다섯 번째의 밤꾀꼬리 같은 하이 톤과는 상반된 중성적 허스키 음색. 나오미의 목소리에 매료되고 말았음이 틀림없었던 것 같다. 왜냐면 바로 다음날 나는 다섯 번째와 결별했기 때문이다.

'당신은 좋은 사람이야.'

Mr. Browning

나오미가 자주 선물했던 대사였다. 그녀와의 만남이 언제까지 지속될지 장담할 수 없는 나에겐 호사스러운 고문이었다. 내 비즈니스 파트너에게 투자금을 되돌려 주지 못하는 상황에도 그녀는 같은 말을 속삭였다. 심장 마비로 오인해 응급실로 실려가는 마당에도, 상속받은 웨스트포트 저택이 매각당하는 시점에도, 전 부인에게 양육비를 제대로 지급하지 않아 차압이 들이닥치기 직전에도 그녀는 일관된 메시지를 주입했다.

그랬었나?
내가 좋은 사람이었나?

사실 '좋은 사람' 범주에 속한다는 평을 들어 본 기억이 없다. 나오미의 주입식 교육 이전에는.

좋은 아들,
좋은 이웃,
좋은 학생,
좋은 친구,
좋은 남편,
좋은 아빠,
좋은 애인…….

곱씹어 보아도 "글쎄, 없다니까!"가 정답이었다. 이번 생애에는 '좋은 사람' 역할이 주어지지 않은 것이다. 그러니까 좋게 살고 싶어도 그럴 수 없는 것이 내 운명이다.

운명.

특히 이혼을 한 이후 운명에 대한 깊은 고찰이 있었다. 칼리지 스위트 하트와의 결혼이 과연 운명이었을까. 사라는 "첫눈에 반했어."라는 표현을 했다. 신입생 환영 파티에서 본 내 모습이 강렬한 인상을 남겼다고.

'벽에 등을 기댄 채 창밖을 응시하는 모습이 왠지 모르게 눈에 걸렸어. 플라스틱 컵에 채워진 맥주를 조금씩 음미하던 너의 입술이 내 입술에 다가왔음…… 하는 웃긴 상상도 잠시 했거든. 심지어 컵을 잡고 있는 너의 손가락들도 너무 섹시했어.'

사라는 밝은 갈색 눈동자를 반짝이며 첫 감상평을 조곤조곤 늘어놓았다. 그녀의 깡마른 검지 손가락을 살짝 비틀어 가면서. 나는 그녀의 고백에 웃었던 것 같다.
맞다. 내 트레이드 마크인 '소년 같은 해맑은 미소'를 지어 보냈음이 분명했다.

이제 와서 진실을 말하자면 나는 10일이 넘는 기간에 걸친 신입생 환영 행사에 지쳐 가고 있었다. 무더운 8월 중순부터 신입생들을 모아 놓고 소떼처럼 이리저리 몰고 다니는 대학 행정에 슬슬 짜증을 내고 있던 중이었다. 하지만 역정이 난다고 목표 달성을 포기할 수는 없었다. 신나는 대학 생활을 위해서는 '그루피 모집'을 서둘러야 했다. 멍청이들이 주최하는 파티에 무거운 발을 이끌고 간 것도 같은 맥락이었다. 낚시질은 생각보다 훨씬 수월했다. 처음부터 대어가 쉽게 낚였다.

입질이 왔을 때 느껴지던 손맛은 아직도 잊을 수가 없지!

사라는 그렇게 나의 첫 번째 그루피가 되었다. 물심양면으로 다 쏟아붓는 나의 사랑스러운 그루피. 사라는 당연하다는 듯 10년 이상 잘 버텼다. '저스틴 브라우닝의 여자 친구'라는 착각의 끈을 단단히 졸라매고 말이다. 그녀의 앙상한 약지 손가락에 꽤 큼지막한 다이아몬드가 매달린 반지가 끼워지기 전까지는. 그렇다. 승리의 트로피를 거머쥔 그녀는 더 이상 사랑스러운 그루피가 아니었다.

'클라이언트? 일주일씩 요세미티 국립공원 동반 여행을 제안하는? 어떤 미친 클라이언트야! 그럴 시간 있으면 가족 여행이나 계획해 봐!'

'이 정도 수입으로는 나의 체이스를 편안한 환경에서 키울 수 없어. 돈을 더 벌어 와야겠어. 그깟 딩동댕 사운드 정도 만들어 가지고는 어림도 없어! 뭐라도 해 봐. 어디 가서 햄버거 뒤집는 일도 난 상관없으니까!'

'트러스트 펀드? 하! 건드릴 생각도 하지 마. 그건 순전히 내 돈이고, 나중에 체이스를 위해 쓸 거야. 너의 마이너스 통장은 스스로 알아서 막아!'

'더 큰 집과 큰 차가 필요해. 나의 체이스에게 그 정도의 여건은 만들어 주어야 하지 않겠어?'

'저스틴 브라우닝의 와이프'에 이어 '체이스 브라우닝의 엄마'라는 타이틀을 쟁취한 사라는 폭주 기관차처럼 내달렸다. 사라의 세상에는 '우리의 아들'이 아닌 '그녀의 아들'로 각인된 체이스만이 윤택한 삶을 영위할 수 있었다. 그곳은 체이스 외에 그 어떤 누구도 살 수 없는 불모지대였다. 과거 그녀의 '우상'이었던 나조차도 머물 수 없는 곳이었다. 한때 나는 그녀가 크리스마스 아침에 내린 하얀 눈 같다고 생각했었다. 그러나 이제는 핼러윈 밤에나 어슬렁거릴 법한 검은 고양이보다 더 섬뜩섬뜩했다.

그렇게 망가진 모양새에 대해서는 다소 책임을 느끼긴 하지.

정말이냐?

조금. 아주 조금.

그럼 각성하는 뜻에서 하나만 돌이켜 봐.

사라가 환각 상태에서 깨어나는 것을 돕지 않은 것……? 그것이었다. 바로 그 하나였다. 그 점은 나도 유감스럽게 여긴다. 혼인 서약 그 자체가 나와는 걸맞지 않았다. 게다가 일편단심 여인이라니. 나는 태생이 수나비란 말이다. 이 운명의 덫에 사라 존스가 덥석 걸려든 것이 화근이었다.

어디서부터가 시작이었을까?

'당신은 좋은 사람이야.'

다시 나오미의 허스키한 음성이 들려왔다.

minnim

Mr. Browning

ENCOUNTER

만남

minnim

1

학. 학. 학. 학.

가쁜 숨이 기도 입구에서만 바쁘게 오고 갔다. 양 허파는 기능을 망각한 것인지 아무 느낌도 없었다. 기관지에 가만히 몸통을 붙이고 누워 잠을 자는 것만 같았다. 투명한 산소마스크가 뿌연 입김으로 허옇게 변하기를 벌써 수천 번째 반복 중이었다. 또다시 묵직한 통증이 왼쪽 가슴을 눌렀다.

헐떡대는 내 모습을 별 감정 없이 바라보던 응급 의료 요원은 "숨을 깊게 쉬세요."라는 말만 툭 던지고는 휴대전화를 만지작거렸다.

애애애앵애애애앵. 애애애앵애애애앵.

귀를 찢는 구급차 사이렌 소리가 통증과 함께 목까지 짓눌렀다.

응급 환자를 후송 중인 구급차는 집에서 15분 이상 떨어진 노워크 종합 병원으로 향했다. 가까운 1번 도로에 즐비한 크고 작은 병원들을 죄다 무시하고 말이다.

"컥, 커거걱……"

숨길에서 공기가 빠지며 거품이 이는 소리가 이내 튀어나왔다. 반면 응급 의료 요원의 손가락은 여전히 휴대전화 스크린을 상하좌우로 바쁘게 문질러 대고 있는 중이었다.

지저스 크라이스트!

급성 심근 경색에 관한 검색이라고 믿고 싶었다. 제발 캔디 크러시가 아니길 빌었다. 이러다 진짜 뒈질지도 모른다는 다급함에 팔다리 근육이 뻣뻣하게 굳기 시작했다. 그때였다. 그의 가슴에 달린 이름표가 환하게 빛났다.

곤잘레스

내 주변을 거쳐간 곤잘레스도 여럿 있었다.

초등학교 시절 스쿨버스 운전사,

고등학교 시절 스페인어 교사,
대학 시절까지 줄곧 방문하던 소아과 의사,
파트타임으로 일하던 식당 매니저,
단골 스트리트 벤더 알바,
할머니 집 정원사…….

그들은 나와 아무런 마찰이나 충돌도 없었다. 짧았던 인연을 끝맺고 내 주위에서 하나둘 사라졌다. 이렇듯 내가 알던 곤잘레스는 맡은 일에 성실하고, 친절하며, 분수에 맞는 행동을 고수하는 사람들이었다. 죽어 가는 환자 앞에서 휴대전화를 붙들고 게임이나 때리는 저 곤잘레스와는 질적으로 다른 부류였단 말이다.

**어째서 저따위 곤잘레스가,
하필이면 생사를 오가는 이 촉박한 순간에 나타나서는
날 엿 먹이려 하냐 말이야. 왜!**

나는 마른 입술을 잔뜩 오므려뜨렸다. 하지만 '곤잘레스'는 커녕 '고'라는 단음도 성대를 울리지 못하는 실정이었다. 온몸을 포위한 통증 때문인지, 곤잘레스를 향한 분노 때문인지 움켜쥔 양 주먹만 부들부들 떨릴 뿐이었다.

"허니, 릴랙스. 제발…… 내 손을 잡아……."

나오미가 연기를 머금은 듯한 낮은 목소리로 소곤거렸다. 그녀의 차가운 손길이 불끈 쥔 나의 주먹을 쓰다듬었다.

"쉬, 쉬, 쉬이…… 진정해. 그리고 잊어요. 모두 잊어."

그녀의 말랑한 입술이 내 귓가를 간지럽혔다. 잠시나마 벅찬 숨이 잦아드는 듯했다.

**곤잘레스. 곤잘레스. 곤잘레스…….
17분 전과 조금이라도 달라진다면 널 고소하겠어!**

구급차 사이렌 소리가 차츰차츰 멀어졌다. 그러나 콧잔등이 찌푸려지는 고약한 냄새가 잊고 있던 가슴 통증을 기억하게 했다.

알코올,
암모니아,
락스 세제,
오줌,
그리고 피…….

지저분하게 복합된 냄새였다. 대번에 감옥이나 고문실로 연상 작용을 일으키는 나쁜 냄새였다.

'심장 마비 증상 환자입니다!'

곤잘레스는 목청을 돋우어 외쳤다. 삑삑 대는 기계음과 온갖 잡음을 뚫는 그의 다급한 목소리에 내 귀가 번쩍 뜨였다. 황당했다. 나는 "뭐야, 이 자식아?" 하고 되묻고 싶었다. 그 사이 스트레쳐 카는 왼쪽 오른쪽 방향을 바꿔가며 바쁘게 굴러가고 있었다. 나오미의 목소리가 멀어졌다 가까워졌다 했다. 내 이름과 주소 등의 간단한 개인 정보가 띄엄띄엄 들려왔다.

'이씨지(ECG)?'

새로운 목소리였다. 높지도 낮지도 않은…… 어른도 아이도 아닌 신선한 육성이었다.

'정상!'

직무 유기.
아니, 아니야. 살인 미수에 해당하는 멘트지.
나오미의 911 신고를 받고 출동한 자식이
내 얼굴에 산소마스크만 얼른 씌우고는 내내 농땡이를 쳤잖아.
염병할 놈아! 그런데 이씨지라니!

솟아오르는 화의 열기로 눈 주변 근육들이 바르르 떨렸다. 이제 눈꺼풀만 확 까뒤집으면 되는 순서였다. 범법자 곤잘레스에게 화염에 휩싸인 내 눈알을 시원하게 보여 줄 차례였다. 나는 힘차게 눈꺼풀을 걷어 올렸다. 하지만 곤잘레스의 모습은 보이지 않았다. 그 대신 불길에 타오르는 나의 뜨거운 눈알 앞에 푸른색 스크럽을 입은 여인이 나타났다. 30대 중반쯤으로 보이는 그녀는 고개를 한쪽으로 갸우뚱 기울인 채 서 있었다.

금발도 은발도 아닌 푸시시한 긴 머리카락.
하얀 건지, 푸르스름한 건지 정확히 밝히기 힘든 피부 톤.
입고 있는 응급실 유니폼보다 더 파란 눈동자.
6피트에 가까운 큰 키.

이제까지 본 어떤 이들과도 비교할 수 없는 독특한 외모였다.

"안녕하세요. 닥터 리겔이라고 합니다. 브라우닝 씨, 증상에 관해 자세히 말해줄 수 있나요?"

닥터 리겔은 고개를 바로 세우며 말했다. 헐렁한 스크럽 상의를 팽팽하게 채우는 그녀의 봉긋한 가슴이 눈에 띄었다. 나는 가슴 아래로 흐르는 잘록한 허리선에서 눈을 뗄 수가 없었다.

"자던 중 갑자기 비명을 질렀어요. 통증 때문인지 왼쪽 가슴을 움켜잡은 채 등을 새우처럼 구부린 자세로 엎드리고는…… 숨을 제대로 쉬지 못했어요."

산소마스크를 벗으려고 움직거리는 사이에 옆에 있던 나오미가 먼저 입을 열었다.

"나오미 리핀스키입니다. 이 사람 여자 친구예요."

닥터 리겔과 나오미는 가벼운 악수를 나눴다.

"비명이라고 했나요?"
"짧은 외마디 비명이었어요."

닥터 리겔은 나의 왼 손목을 지그시 눌러 잡더니 맥박을 체크했다. 곧이어 혈압과 안구 움직임도 체크했다. 재빠른 손놀림이었다.

"현재 바이탈은 정상입니다. 일단 이씨지를 다시 모니터링할게요. 내 견해로는 정상일 것 같습니다만…… 간혹 첫 이씨지에 나타나지 않는 경우도 있기 때문이죠."

닥터 리겔은 계속해서 다음 진료 과정에 관한 말을 이어갔다. 산소마스크를 벗고 입을 벙긋거리는 내게는 기회도 주지 않았다.

"만약 이씨지 결과가 정상일 경우…… 아마도 트로포닌 수치를 확인하기 위한 혈액 검사를 해야 할 거예요. 심장 근육의 손상 정도를 가늠할 수 있는 검사죠. 브라우닝 씨, 왼쪽 가슴 통증은 여전한가요?"

닥터 리젤은 처음으로 나의 눈을 정면으로 바라보며 물었다.

"글쎄…… 없어진 거 같기도 하고……."

나는 왼 가슴을 손으로 쓸어내리며 말했다.

"아래턱 통증이나 숨 가쁨 증상은요?"
"없어요. 지금은."
"만약 앞서 말한 증상이 생기면 바로 말하세요. 폐렴이나 심부전 가능성에 대비해 엑스레이 검사를 해야 해요."

닥터 리젤의 눈이 오묘한 빛을 발했다. 그리스 산토리니섬 해안에서 출렁이던 지중해가 생각났다. 그녀의 깊은 눈은 "쉰 소리는 이제 그만!" 하고 호령이라도 하는 것만 같았다.

그 순간 머리카락 사이로 산들거리는 기운이 느껴졌다. 나오미였다. 나는 서둘러 표정 관리를 했다.

살짝 튄 불똥 하나에 모든 걸 홀랑 태워 먹을 순 없지.

그러자 나오미의 다섯 손가락이 가만가만 이야기했다.

'당신은 좋은 사람이야.'

2

　심장 마비도, 폐렴도, 심부전도 아니었다. 그냥 해프닝이었다. 당장이라도 터질 듯한 심장을 사정없이 주물럭거리는 흉악한 손길을 경험한 '설명할 수 없는' 이상한 증상이었다. 다만 앞으로 생길지도 모를 심장 발작 위험을 확인하기 위한 추가적 검사를 해 볼 것을 권유받았다.

　나오미는 정신적 스트레스로 모든 원망의 화살을 돌렸다. 퇴원 후 집으로 향하는 택시 안에서 그녀는 한적하고 따뜻한 곳으로 휴가라도 떠나자고 제안했다.

　"키웨스트, 툴룸, 하와이, 퀴라소, 터크스 케이커스, 세인트루시아, 바베이도스…… 아니면 로스카보스는 어떨까?"

그녀의 입에서 유명 휴양지 이름들이 줄줄 흘러나왔다. 웨딩 플래너인 나오미가 매년 입수하는 신혼여행지 '톱 10 리스트'를 순서대로 읽어 내리는 것만 같았다. 필라테스 수업에 투자한 결과물을 뽐내고 싶은 숨은 욕망일지도 몰랐다. 겨우내 조각해 놓은 군살 없이 늘씬한 몸매를 과시하고 싶은 그녀의 심리였을까. 어쩌면 새로 장만할 비키니의 색상과 디자인을 이미 정해 놓았을지도 모를 일이었다.

"최근에 Z 뉴스 사장이 바뀌었어. 그래서인지 며칠 전 크리에이티브 서비스팀 헤드가 리브랜딩을 할 수도 있다는 언질을 주었어. 소닉 브랜딩은 물론이고, 싹 다 바뀐다는 의미지……."

바베이도스니, 비키니 쇼핑은 잊어 달라는 암시였다.

"설마 돈 때문에 그런 건 아니지?"

나오미는 시들한 표정으로 물었다. 그녀의 허스키한 목소리가 평소보다 더 매캐한 연기를 뿜었다.

"죽다 살아난 기념으로 저녁은 어디 근사한 데 가서 먹을까?"

나는 얼른 분위기를 바꾸었다.

"포스트 로드에 있는 레스토랑인데, 한 달 전쯤에 오픈했어. 리뷰도 꽤 괜찮던데?"

나는 최대한 부드럽게 말했다. 필살기인 장난기 어린 눈웃음을 잔뜩 머금은 채 나오미의 손을 천천히 감싸 쥐었다.

"그럴까? 그럼, 그래요."

그렇게 나오미가 넘어가는 순간에도 내 머리통 속은 닥터 리젤로 가득 찼다. 투명한 빛이 감도는, 본 적도 없는 그녀의 우윳빛 가슴에 얼굴을 파묻고 싶은 욕정이 치밀어 올랐다. 옆에서 나오미가 뭐라고 묻는 것 같았다. 분명히 입술과 혓바닥을 움직여 대답을 했지만 그 내용이 무엇이었는지 기억조차 나지 않았다. 그냥 툭 치면 반응하는 리액션일 뿐이었다. 야릇한 위기의식이 전신에 경련처럼 일었다. 머리끝에서 발끝까지 움찔 움찔 떨리는 정신 근육의 수축 현상 말이다.

나는 집에 도착하자마자 침실로 이끄는 나오미에게 일 핑계를 대고 작업실로 향했다.

검색창에 '노워크 종합 병원'을 쳐서 넣자 병원 웹사이트 정보가 떴다. 사이트 상단에 위치한 '의료진 검색'을 눌렀다.

의사의 이름과 진료 과목 등등을 입력하라는 귀찮은 구간에 도달했다. 참을성 있게 요구 사항에 응했다. 곧 사람 모양의 궁색한 아이콘이 나타났다. 사진 대용이었다. 그 옆으로 닥터 리겔의 이름과 간략한 이력이 정리되어 있었다.

Flectra S. Rigel, M.D.
제공자 유형: 전문의
진료 분야: 소아 신경학

엘렉트라. 예쁜 이름이었다.

어라, 소아과 의사였어?

소아 신경학과 의사가 심장 마비 응급 환자를 맡은 이유는 별로 중요치 않았다. 나는 망설임 없이 '프로필 가기' 버튼을 눌렀다. 닥터 리겔의 학력과 경력, 제휴 병원, 연락 번호 등이 보기 좋게 전람되어 모니터 화면 위에 나타났다. 조지타운 의대를 졸업한 그녀는 스탠퍼드 메디컬 센터에서 인턴 과정과 레지던트 과정을 수료했다. 특이 사항은 5개 국어가 가능하다는 것.

언어: 영어, 스페인 어, 힌디어, 아랍어, 히브리어

나도 모르게 감탄사를 연발했다.

힌디어, 아랍어, 히브리어는 어디에다 써먹으려고 배운 걸까?

점점 구미가 당겼다. 지체 없이 소셜 미디어를 이용해 닥터 리겔의 신상 조사를 시작했다. 예상대로 그녀는 어떤 SNS도 하지 않았다. 곧장 이미지 검색으로 갈아탔다. 그러자 제삼자가 올린 이미지에 태그 된 그녀의 모습이 풀네임과 함께 떴다.

엘렉트라 사빈 리겔

해변에서 찍은 두 장의 사진이었다. 모두 독사진이었다. 하나는 수영복 차림으로 그 위에 가운 모양의 얇은 커버업을 느슨하게 걸친 모습이었다. 다른 하나는 하얀 셔츠와 반바지 차림이었다. 그녀의 쭉 뻗은 긴 다리가 돋보였다. 보이지 않는 신체 부위가 더욱더 궁금해지기만 했다. 사진 속 그녀는 카메라 렌즈를 피해 엉뚱한 방향으로 눈길을 던지고 있었다. 더 마음에 들었다.

그리스 신화부터 프렌치와 이탈리안 스타일까지 아우르는 개성 있는 이름의 그녀.
고음과 중음이 동시에 맞물려 들리는 신기한 음성의 그녀.
윤기 잃은 고양이 털을 연상시키는 머리칼의 그녀.
르네상스 시대 유명 화가의 그림 속 여인들의 헐벗은 육체를 떠올리게 하는 탐스러운 가슴의 그녀.

응급실에서 진동하던 구역질 나는 냄새에 후각이 철저히 마비된 터였다. 그런데 내 시각과 청각까지 순식간에 녹다운시키지 않았던가.

닥터 리겔. 안되지.
앞으로 엘렉트라라고 불러야겠어.
아…… 그녀에게 마음을 통째로 빼앗기고 만 건가?
아니야, 절대 아니지. 나는 단지…….

'저녁 식사는 몇 시로 정했어?'

작업실 밖에서 채근하는 나오미의 목소리가 들려왔다.

"예약하고 알려 줄게."

엘렉트라에게 온통 쏠린 내 신경의 극히 일부분을 할애해서 대꾸했다. 피곤하지만 내가 보유한 특기들 중 하나였다. 아무리 복잡해도 각각이 지닌 상황과 문제점을 파악하고 해결할 수 있는 개별적 공간을 갖는 것이 가능했다. 일부다처제 사회에 적합한 삶의 방식이랄까. 한 집에 부인을 스무 명쯤 두고 있는 남자가 스무 개의 침실을 조화로운 패턴으로 방문하는 생활양식 말이다.

41

각 방의 문을 열 때마다 봇물 터지듯 쏟아져 나오는 불만 불평들을 분산 처리 시스템이 지능적으로 대처하는 작업 법칙이라고도 설명이 가능하겠다.

분산 처리와 집중 처리를 체계적으로 돌리기만 하면
'춤추는 문어발'쯤이야 아주 가뿐하지.
나무에 열린 풋사과들을 영글게 만드는 것은
관심과 사랑이니까.

'알았어요. 그럼 난 샤워할게.'

이윽고 침실 문을 닫는 소리가 났다. 씻는 타이밍까지 일일이 알리는 나오미의 의도가 빤했지만, 지금 내 시스템은 다중 업무를 처리할 수 있는 상황이 아니었다. 제아무리 빠르고 정확한 시스템도 가끔씩 멈추곤 하는 게 현실 아닌가.

가책이라고?
그럴 리가.

나오미를 향한 마음의 가책 따위는 전혀 느껴지지 않았다.

왜냐, 엘렉트라는……
그렇지, 의사일 뿐이니까.

앞으로 내 건강과 웰빙을 책임질 전문가 말이지.

응급실로 실려간지 1주일 이상 경과했다. 여전히 엘렉트라의 모습이 어른거렸다.

후각이 감지할 수 없는 보슬보슬한 향기가 나는 그녀.

나는 이번 주 금요일에 엘렉트라를 만날 수 있다는 사실에 가슴이 설레었다. 하마터면 불친절한 접수처 직원 덕분에 만남 자체가 물거품이 되어 버릴 뻔했다. 직원은 자초지종을 설명하는 나에게 "닥터 리겔은 소아 환자만 진료합니다."라는 말만 찍찍 뱉어낼 뿐이었다. "그걸 몰라서 전화를 했겠냐, 이년아!"라는 말이 혀끝으로 옮겨질 때쯤이었던 것 같다. 피로에 전 음성의 남자가 수화기 건너편에서 슬며시 나타났다. 엘렉트라의 의료 보조원이라고 밝힌 남자는 그녀의 금요일 마지막 예약 시간을 던져 주었다.

우후!

마침 나오미는 금요일 아침 일찍 라스베이거스로 떠날 예정이었다.

샌디에이고에 사는 친구의 '바첼레트 파티(Barchelerette Party, 처녀 파티)'에 참석하는 그녀는 몇 달 전부터 들떠 있었다. 호텔 수영장에서 친구들과 웃고, 떠들고, 먹고, 마시고, 놀다가, 핑크색 스트레치 리무진을 타고 치펜데일즈 쇼(Chippendales Show)를 보러 갈 나오미의 모습이 눈에 선했다.

병원 진료실에서 뭐가 가능하겠어?
눈을 맞추고 대화나 하는 것 외에.
그동안 넌 팬티에 지폐 다발이나 꽂아주며
헐벗은 남자들의 몸이나 감상할 거 아냐?
놈들 다리 사이에서 달랑거리는 물건을 보고 좋아서 날뛰겠지.
결코 공정한 시합이라고 말할 수 없어.
그러니까 내가 널 많이 봐주는 거라고.

책상 위에 놓인 액자 속 나오미가 고개를 끄떡하며 동의했다.

3

금요일.

"해피 프라이데이!"

나는 안부 인사를 건넨 후 수줍게 말했다. 엘렉트라는 애매모호한 표정으로 "해피 프라이데이." 하고 덤덤히 응수했다. 고음보다 중음이 우세한 날이었다.

"브라우닝 씨, 증상은 어떤가요? 그날 이후로 비슷한 징후가 있었나요?"

엘렉트라는 '의사와 환자'라는 틀에서 벗어나지 않았다. 경쾌한 대화를 이어가려던 나의 작은 노력에도 아랑곳없이 말이다. 그렇다면 함께 놀아 주는 시늉이라도 해야 했다.

"왭니까? 심장 마비 증상으로 실려간 환자를 맡은 이유가? 심장 전문의도 아니고, 신경과 전문의, 그것도 소아 신경과인데."

단도직입적으로 물었다. 이런 스타일은 먼저 훅 찌르고 들어가야 한다.

"내 질문에 답하고 있지 않군요. '노'라는 의미인가요?"

엘렉트라는 대답은 회피한 채 오히려 질문으로 되받아쳤다. 나는 작게 웃었다. 나도 모르게 터지는 실소를 어쩔 수 없었다. 그녀가 시선을 아래로 보내려던 찰나였다. 그녀의 머리 근처에서 푸른 빛이 맴돌다 사라졌다. 마치 빛으로 만들어진 헬멧을 쓰고 있는 듯한 모습이었다.

방금 뭐였지?

엘렉트라는 잠시 나의 눈을 길게 바라보았다.

"브라우닝 씨가 궁금해하니까 대답하죠. 심장 마비 환자가 아니었으니까요. 당신의 심장은 튼튼해요. 평생 심장성 질환은 없을 테니까 안심해도 좋아요."

나는 '이씨지와 혈액 검사 결과 하나로 너무 확신하는 게 아닌 가?' 하는 생각이 들었다.

"대신 간이 약한 편이라 술과 담배는 하루속히 끊는 게 좋겠어요."

엘렉트라는 내 몸을 눈으로 훑었다. 마치 투시경이 장착된 눈으로 신체 내부를 스캔하는 것만 같았다.

"간질환만 조심하면 별 탈 없이 오래 살겠어요."

악담처럼 들리는 덕담이었다.

"더는 없나요?"
"의사로서의 소견은 여기까지예요."

엘렉트라는 책상 서랍을 열어 뒤적거리기 시작했다. 그러던 그녀는 무언가를 바싹 내 앞으로 내밀었다.

"혹시라도 간에 이상이 생기면 닥터 쿠마르를 찾아가세요."

뉴저지주 소재 해컨색 대학 메디컬 센터 간 전문의의 명함이었다. 베스트 닥터라면 뉴욕시에 포진해 있을 터인데. 의외였다.

"고마워요. 참고하죠. 그런데……"

나는 긴 속눈썹을 낮게 드리우고 눈을 천천히 깜박거리는 엘렉트라를 바라보았다. 그리고 느릿하게 말했다. 밀고 당기는 전통적인 수법은 통하지 않는다는 직관이 나를 강하게 이끌었다.

"주말에 특별한 일정이라도 있으세요?"

그녀의 가운 위로 볼록 솟은 유두를 핥고 싶어 환장한 혓바닥이 날름 헛소리를 땅에 떨어뜨리고 말았다. 마스카라를 칠하지 않아 하얗게 드러난 속눈썹 아래 그녀의 푸른 눈동자가 환하게 빛났다.

"좋은 주말 보내세요."

엘렉트라는 자리에서 일어나더니 악수를 청했다.

완벽한 실패인 건가?

의자에 앉아 멀뚱 거리던 나는 꾸물꾸물 일어섰다. 어쩔 수 없었다. 나의 움직임을 쫓아가던 그녀의 시선이 내 눈앞에서 멈추었다. 감시자 같기도 하고, 방관자 같기도 한 눈길이었다. 눈높이 차이 때문인지 쓸데없이 움츠러드는 느낌도 들었다. 나는 아쉬움을 뒤로하고 그녀가 내민 손을 잡았다.

엇!

엘렉트라가 서 있는 공간에 흐르는 묘한 에너지의 움직임이 감각 기관을 통해 느껴졌다. 바람도 전기도 아닌, 기이한 기운이었나. 알고 있는 과학적 시식을 통원해 묘사하사면 시구와 나른 중턱이 작용하는 듯했다. 무중력 상태에 가까운 소름 돋는 느낌 말이다. 동시에 엘렉트라의 모습에 기묘한 변화가 일어나기 시작했다.

머리 주위를 밝히는 환한 빛.
사방으로 쭈뼛 선 머리카락.
얼굴 위로 포개지는 주름진 늙은이의 형상.

눈 깜빡할 사이였으나 모든 것이 또렷하게 보였다. 동시다발적인 기현상에 나는 정신이 혼미해지는 느낌을 받았다. 살갗이 더욱 오르라 들었다. 엘렉트라는 잡았던 내 손을 놓으며 말했다.

"굿바이."

고음과 중음이 완벽히 분리된 두 사람의 목소리였다.

나는 정신을 가다듬었다. 풀어진 눈에 힘을 주고 여전히 책상 뒤편에 서 있는 엘렉트라를 쳐다보았다.

흰 의사 가운을 입은 그녀.
어깨 밑으로 부스스 맥없이 늘어진 모발.
밤하늘의 별처럼 빛나는 두 눈.
터질 듯이 풍만한 가슴.

진료실 문을 열고 들어왔을 때 보았던 모습과 같았다.

저스틴 브라우닝, 이젠 눈도 고장 났구나.
홀딱 넘어간 거냐?

4

토요일.

한 치 앞도 볼 수가 없는 눈보라가 휘몰아쳤다. 세차게 부는 강풍에 피부가 모조리 떨어져 나가는 듯했다. 하늘과 땅의 구분도 없이 세상은 온통 하얀색이었다.

눈 속에 파놓은 굴 틈으로 남자의 모습이 보였다. 남자는 고래 가죽과 물개 가죽을 이어 붙인 넝마로 맨살 위를 대충 덮고 있었다. 또 다른 남자가 보였다. 그도 비슷한 행색이었다. '남자 1'과 '남자 2'는 서로 몸을 옆으로 나란히 붙인 채 엎드려 있었다. 둘은 얼어붙은 손에 더운 입김을 연신 불어 댔지만 어림없었다.

따 따 따 따 따딱.

뼛속 구석구석까지 파고드는 추위에 그들의 이빨이 맞부딪히는 소리가 귓바퀴를 타고 진동했다.

먼지처럼 분연히 이는 눈바람 사이로 하얀 그림자가 어른거렸다. 하늘과 땅을 구분 지어 주는 흔적이었다. 그림자는 천지의 경계 사이로 점점 다가왔다. 두 남자는 굴 밖으로 천천히 나갔다. 눈발을 헤치며 어슬렁거리던 녀석은 두 남자를 발견하고는 앞발을 들었다. 그리고 그 자리에 우뚝 섰다.

북극곰?
아니야, 틀렸어!

이 녀석은 동물원에서 봤던 그 녀석이 아니었다. 털 색깔이 흰색이긴 했지만, 북극곰과는 그 외형부터 확연히 달랐다.

멧돼지처럼 주둥이 밖으로 길쭉하게 나온 윗 송곳니.
사파이어를 박아 넣은 듯한 새파란 두 눈.
두 발로 섰을 때 3층 건물 높이에 육박하는 몸 크기.

곰 가죽을 뒤집어쓴 괴물이었다.

두 남자는 죽창과 비슷한 모양의 원시적 무기를 손에 들고 괴물과 마주했다.

Mr. Browning

변변한 사냥 도구조차 구비하지 않은 두 남자와 흰 괴물은 한참 동안이나 대치 상태를 유지했다. 그러던 중이었다. 괴물의 가슴팍에서 푸른빛이 밝게 빛났다. 반투명한 괴물의 왼 가슴속에서 파란 심장이 힘차게 뛰었다. 빛은 엿가락처럼 길게 늘어졌다. 그리고 곧이어 구불구불한 뱀과 같은 형태로 변했다. 괴물의 가슴에서 출발한 푸른빛의 뱀은 하늘 위로 날아올랐다.

두 남자는 꼼짝 않고 서서 푸른 뱀의 움직임만 뚫어져라 지켜보았다. 종이비행기처럼 유연하게 하늘을 맴돌던 빛은 포물선을 그리며 남자 1의 가슴에 꽂혔다. 그러자 남자 1의 붉은 심장이 가죽 넝마 위로 선명하게 나타났다. 남자 2는 죽창을 양손으로 다시 잡아들고 자세를 가다듬었다. 하지만 이미 늦었다. 공격 태세를 취하던 남자 2는 그 즉시 뒤로 벌렁 자빠졌다. 가슴에 죽창이 관통한 채. 푸른빛의 선택을 받은 남자 1이 기다렸다는 듯이 죽창을 새처럼 날렸기 때문이었다. 어설프게 서 있는 남자 2의 가슴을 과녁 삼아 말이다.

같은 편인 줄 알았는데 적이었군!

남자 1은 눈밭 위에 나동그라진 남자 2를 남겨두고 눈 굴 속으로 기어들어 갔다. 아직 숨이 채 끊어지지 않은 남자 2의 입에서는 붉은 피가 분수처럼 솟았다.

괴물의 파란 눈동자가 눈이 시릴 정도로 차갑게 빛났다. 괴물은 앞발을 내리고 쓰러져 있는 남자 2를 향해 네발로 걸어갔다. 이윽고 괴물의 발톱 사이에 위태롭게 걸려 있는 죽창이 보였다. 그 죽창 끝에는 동그스름한 심장이 꽂혀 있었다. 괴물은 마치 막대사탕처럼 보이는 남자 2의 심장을 한입에 삼켜 버렸다.

남자 1은 멀리서 피어오르는 붉은빛을 감지하고 서둘러 발걸음을 재촉했다. 동굴 입구에 도달하자 모닥불 주변을 빙 둘러앉아 있던 사람들이 일제히 그를 향해 고개를 돌렸다. 무리의 대장 격으로 보이는 늙은 여인이 자리에서 비틀거리며 일어났다. 여인은 눈을 잔뜩 덮어쓰고 서 있는 남자 1을 한동안 말없이 바라보았다. 별안간 여인은 나무 지팡이를 번쩍 들었다. 그리고 남자의 가죽 넝마를 헤집어 벗겼다. 그러자 남자 1의 왼 가슴 아래쪽에 찍힌 푸른 점이 드러났다. 여인의 쭈글쭈글한 얼굴이 험악하게 일그러지기 시작했다.

"발크쉬르 아키!"

늙은 여인이 천둥 같은 목소리로 고함쳤다.

꿈이었다.

Mr. Browning

'발크쉬르 아키!'

늙은 여인의 입에서 튀어나온 알아들을 수 없는 언어였다. 그런데 꿈속에서는 '변절자'라는 뜻이라고 자연스럽게 이해했다. 이유는 알 수 없는 노릇이었다. 하긴 비정상도 정상인 것이 '꿈' 아니겠는가. 한 가지 걸리는 부분이 있다면 꿈속의 노파가 내가 아는 누군가와 상당히 닮았다는 것이었다. 어디라고 콕 집어 말하기 어렵지만 전체적인 느낌이 그랬다. 그 점에서 간밤에 꾼 꿈은 불길하고 무서운 꿈이었다.

5

일요일.

나오미가 돌아오는 날이었다. 집에서 1시간 30분 이상 걸리는 브래들리 공항까지 제시간에 도착하기 위해서 오전부터 꽤 서둘러야 했다.

엘렉트라와의 데이트가 무산되자 나는 집에서 홀로 시간을 때울 심산이었다. 아무한테도 방해받지 않는 조용하고 경건한 금요일 밤 말이다. 적어도 집으로 돌아오는 길에 단골 타이 음식점에 들려서 그린 카레와 팟 타이를 주문할 때까지는 기획한 하루가 아름답게 그려지는 것 같았다. 불현듯 걸려 온 한 통의 전화가 산통을 깨기 직전까지는.

"나야, 사라."

그럴 줄 알았다. 내 행복과 평화를 질투할 인간은 이 생애에서 사라뿐이다.

"밖이야. 용건만 말해."

서로 목소리만 교환해도 싸우는 통에 6개월 전부터 이메일로만 교류하고 있는 상태였다. 물론 그녀의 강력한 제안이었다. 나는 그런 그녀가 약속을 깨고 전화를 건 이유가 갑자기 두려워졌다.

"아무리 생각해도 아스펜은 무리야."

사라의 고질병이 도졌다. 치료법을 찾을 수 없는 '변덕'이라는 질환이 또 발생한 것이었다.

"다 끝난 이야기잖아. 이미 비행기와 숙소 예약까지 해 놓았다고."
"그 점은 유감인데, 체이스가 고산 지대에 가면 어떨지도 모르겠고……"

'유감'이라는 티켓을 붙이고 횡포를 휘두르는 이 혐오스러운 여자. 더 이상 가족이라는 테두리 안에 묶여있지 않은 사실에 감사했다. 하루빨리 체이스가 그녀의 손아귀에서 벗어나기만을 바랄 뿐이었다.

"아무 일도 없을 거야. 설사 고산병이 생긴다고 해도 내가 알아서 할…"
"알아서 한다고? 네가?"

사라는 코웃음을 치며 비아냥댔다. 깊은 곳에서 울화가 불쑥 머리를 들었다. "알아서 한다는 인간이 체이스에게 땅콩버터가 들어간 케이크를 먹여?" 하고 운을 뗄 때는 5년도 넘은 케케묵은 에피소드가 시작되었다. 나는 그 후로 무슨 말을 했는지 기억조차 나지 않는다. 카운터에 올려진 포장된 음식이 차갑게 식어가는 줄도 몰랐다. 다만 격앙된 나의 언성에 식당 주인 말라이가 멍한 표정으로 물끄러미 쳐다보던 모습은 기억한다.

금요일은 사라.
토요일은 기분 나쁜 악몽.

이틀 연타였다. 나는 더러운 기분을 쇄신해 보고자 토요일 하루를 술과 함께 하고야 말았다. 청소와 환기가 시급했다. 바깥바람이 꽤 쌀쌀했지만 집안 곳곳에서 진동하는 알코올 냄새를 지우기 위해서는 어쩔 수 없었다. 후각이 유난히 예민한 나오미에게 들키고 싶지 않았다. 오십을 바라보는 이혼남이 '루저(loser)'로 전락하는 것은 사사로운 것에서 시작된다는 것을 난 누구보다 잘 알고 있었다. 게다가 라스베이거스에서 돌아온 나오미가 '결혼' 비스름한 힌트를 이곳저곳에 심어 놓을 것이 뻔했다.

제 아무리 웨딩 플래너라도
친구의 손가락 위에서 반짝거리는 돌을 보면
'쿨' 하지 못한 망상에 사로잡히기 십상이니까.

청소까지 깔끔하게 마친 나는 근처 마트로 달려가 꽃 화분 하나를 샀다. 나오미가 가장 좋아하는 아마릴리스였다. 나는 화분을 리빙룸 창틀 앞에 놓았다.

'주말 내내 그리웠어!'
'보고 싶어 미칠 것 같았어!'

생각만 해도 오싹한 표현을 이 붉은 꽃이 대신 알아서 해 주길 기원하면서. 이 뻔한 정세에 능동적이고 알맞은 조치였다.

공항으로 향하는 도로는 교통 체증 없이 비교적 순탄했다. 라디오에서는 지난밤 치러진 아이스하키 올스타 게임의 하이라이트 소식이 나오고 있었다. 술을 마시고 뻗어 자느라 아깝게 놓친 게임이었다. 1 피리어드에서 메트로폴리탄팀에 맞서 3대 2로 뒤지고 있던 아틀라틱팀이 2 피리어드에서 총공세를 펼치는 순간이었다.

중계자의 상기된 목소리와 터져 나오는 관중의 함성만 들어도 얼마나 흥미진진한 게임이었는지 쉽게 상상할 수 있었다. 4대 4로 팽팽한 접전을 벌이던 가운데 잭 아이첼의 역전골이 성공하자 나도 모르게 "예스!" 하고 크게 외쳤다.

지극히 간단하게 기분이 '업' 되었다. 입가에 만족감이 피어났다. 바로 그즈음이었다. '출발부터 순조로운 것이 무난한 하루를 보낼 수 있을 것 같다.'라는 느낌이 팝콘처럼 부풀어 터지던 그 무렵이었다. 벌건 불빛 같은 형상이 내 눈꼬리 끝을 스치고 지나갔다. 고개를 슬쩍 돌려 보았다. 멀리 불길이 치솟고 있었다. 나는 속력을 줄였다. 그리고 자세히 보기 위해 차를 갓길에 세웠다.

역시 불이야!

빨간 불과 검은 연기가 피어올랐다. 차에서 내려 불구경을 하던 나는 불꽃의 본체를 확인하기 위해 도로 옆 가드레일을 넘어 벌판으로 걸어 들어갔다. 언제 산불로 번질지 모르는 일 아니겠는가. 가까운 거리에서 육안으로 재확인 후 신고 전화를 넣은 심산이었다.

누군가 부주의하게 던진 담배꽁초에서 옮겨 붙은 불이 아니었다. 인위적으로 만들어진 커다란 모닥불이었다. 불은 돌로 쌓아 올린 제단 형태의 건조물 위에서 활활 타오르고 있었다. 건조물 주위에는 상당히 많은 숫자의 사람들이 모여 있었다.

구릿빛 피부색의 그들은 거의 나체에 가까운 벌거벗은 상태였다. 내가 아는 북아메리카 원주민과도 거리가 있는 행색이었다. 그들은 춤이라도 추듯 벗은 몸을 이리저리 흔들었다. 그들의 등을 완전히 덮고 있는 길고 검은 직모가 찰랑거리며 움직였다. 신나는 축제라도 벌어지고 있는 것 같았다.

꾸웨에에에에엑!

좀 더 가까이 다가가자 짐승의 울부짖음 같은 괴성이 들려왔다. 고막을 갈기갈기 찢는 듯한 소리였다. 억울한 자의 통곡처럼 들리기도 했다. 나는 발설음을 범출 수밖에 없었다.

단백질 성분이 열에 녹는 냄새!
실수로 머리카락을 불에 그을렸을 때 맡을 수 있는 냄새!!

나는 고약한 냄새에 코를 얼른 막았다.

끄아악… 끄아아아아아악!!!

짐승의 절규가 더 크고 맹렬하게 들려왔다. 작은 산처럼 쌓인 장작을 태우며 거센 화염을 내뿜는 불길 속에서 터져 나오는 소리였다.

오 마이 갓!

나는 이번에 입을 틀어막았다. 신에게 바쳐진 제물은 어린 양도, 송아지도 아니었다. 피조물의 질서 영역에서 가장 꼭대기에 위치한 인간이었다. 나무 기둥에 꽁꽁 묶인 인간은 두 눈을 시뻘겋게 부릅뜬 채 사력을 다해 악을 썼다. 백인 남자처럼 보였다. 이미 불에 반 이상 구워진 상태였지만, 남은 몸뚱이와 모발로 추정해 보자면 그렇게 여겨졌다.

나의 전신은 두려움과 충격으로 전율했다. 재킷 주머니를 뒤져 급하게 휴대전화를 찾았다. 없었다. 청바지 앞주머니와 뒷주머니 모두 더듬어 보았지만 역시 없었다. 아마도 차에 두고 내린 것 같았다. 주변에 도움이라도 구해야 했다. 나는 여전히 불 속에서 타들어 가는 남자의 모습에 눈을 떼지 못한 채 몇 발짝 뒷걸음질을 쳤다.

설마 이것도 꿈인가?
허연 괴물에 이은 거대한 악몽······.

늦잠을 자던 중 요망한 꿈을 꾸고 있는 것은 아닌지 의심했다. 아니면 졸음운전 중 가위에 눌리고 있을지도 모른다는 생각이 뇌리를 뚫고 지나갔다. 그 순간이었다. 누군가 내 팔꿈치를 당겼다. 화들짝 놀란 나는 자리에서 펄쩍 뛰었다. 비명도 함께 내질렀던 것 같다.

악, 뭐야!

그제야 바로 코앞에 서 있는 남자의 존재를 알아차렸다. 나는 맹물단지처럼 벌어진 입을 가까스로 다물고 침을 꿀꺽 삼켰다.

진한 노란빛을 띤 호박색 눈.

매섭게 쏘아보는 남자의 눈빛에 뒷무릎이 저려 왔다. 남자는 제단 근처에 몰려 있는 사람들과 마찬가지로 구릿빛 피부를 가지고 있었다. 역시 반나체였다. 중요 부위만 아슬아슬하게 가린 채.

"따라 오시오."

남자의 음성 뒤로 웅웅 거리는 낮은 잡음을 감지했다. 아주 멀리서 퍼져 나오는 백색 소음처럼 들렸다. 나는 자꾸만 뒤돌아 보았다. 타오르는 불길 속에 갇힌 채 죽어 가는 사람을 그냥 두고 가려니 발이 떨어지지를 않았다.

"어서!"

남자는 명령조로 꾸물거리는 나를 향해 말했다. 나는 하는 수 없이 남자의 뒤를 따라 걸어갔다.

파크웨이도 아닌데 이런 울창한 숲이 있었나?

사방으로 풀과 나무가 우거진 광경에 뭔가 잘못되었다고 느꼈다. 항상 지나가던 91번 도로변 풍경과 상당히 거리가 있는 모양새였다.

"이리로."

앞서 걷던 남자는 울창하게 뻗은 나무 사이를 손으로 가리켰다. 나무 사이로 좁은 틈이 보였다. 남자는 그 앞에서 갈팡질팡하는 나에게 단호한 어조로 말했다.

"어서 가시오. 그리고 다시는 이곳에 오지 마시오."

나는 나뭇가지를 손으로 젖히고 건너편 상황을 찬찬히 살폈다. 60피트 전방으로 가드레일이 나타났다. 낯익은 91번 도로 위로 자동차들이 쌩쌩 지나갔다. 갓길에 세워 둔 차의 일부도 보였다. 천만다행이었다.

"그런데 당신은 누구죠?"

나는 고개를 돌렸다. 하지만 남자는 이미 사라진 후였다. 남자의 모습을 찾던 나는 곧 포기하고 나무 사이를 통과했다.

도로변으로 나오자 풀과 나무로 무성하던 숲 또한 감쪽같이 없어져 있었다. 타오르던 불길도, 벌거벗은 원주민 모습을 한 사람들도 찾아볼 수 없었다. 어안이 벙벙했다. 뭐에 홀려도 이럴 수 있나 싶었다.

아차! 나오미!

비로소 내가 한가한 일요일 오후에 91번 도로를 달리고 있었던 이유가 생각났다. 운전석에 앉자마자 휴대전화를 확인했다. 부재중 전화 기록이 홈 스크린에 시뻘겋게 떠 있었다. 우려한 대로 나오미로부터 걸려 온 전화였다.

"몇 번이나 전화한 거야? 도착하려면 1시간도 더 남았……"

시계의 새빨간 거짓말에 생각의 흐름이 뚝뚝 끊기고 말았다. 나는 시간을 다시 확인했다. 거짓말처럼 집에서 출발한 지 3시간 이상이나 훌쩍 지나가 있었다. 불구경은 기껏해야 10분 안팎이었다. 그런데 어떻게 이토록 긴 시간이 흘렀는지 알다가도 모를 일이었다.

'……저스틴, 이미 1시간도 넘게 공항에서 기다리고 있어. 어디에 있는 거예요? 암튼… 택시를 불렀어. 4분이면 도착할 거야. 그럼 집에서 만나요…….'

나오미에 허스키한 음성이 평소보다 유난히 더 쉑쉑거렸다. 피곤함, 실망감, 서운함이 한데 뭉쳐 나오는 소리였다. 나는 휴대전화를 귀에서 떼고 집으로 향했다.

6

월요일.

나는 기차역 주차장에 세워 둔 차에 올랐다. 백미러에 플랫폼으로 달려가는 나오미의 뒷모습이 보이다 이내 사라졌다. 일요일만 생각하면 "후우!" 하고 길게 몰아쉬는 숨소리가 저절로 새어 나왔다. 불에 타 죽어 가던 남자니, 원주민이니 하는 끔찍한 경험담이 통할 리가 만무했다.

타이어에 펑크가 났다고 할까?
기계적 결함으로 시동이 꺼진 건 어떨까?
아님, 갑자기 도로로 튀어나온 사슴의 도발?
그로 인해 벌어진 12중 충돌 사고로
길이 꽉 막혀서 미치기 직전까지 도달했던
나의 심정에 관한 어필이라도 해 볼까?

조금만 파 보면 금방 들통이 날 거짓말은 삼가는 것이 상책이었다. 오히려 사실을 기반으로 꾸며낸 이야기가 장기전으로 볼 때 안전했다. 금요일 에피소드를 당겨 쓰는 게 좋은 방법 같았다.

"체이스가 아스펜에 못 갈 것 같아……."
"어머, 왜?"

나오미가 눈을 동그랗게 뜨고 물었다. 벌써 효과가 있었다.

"사라가 반대해, 갑자기. 고산병을 핑계로 대고선 말이야."
"어떡해……. 당신, 기대 많이 하고 있었을 텐데. 그럼 예약 취소하고 다른 곳을 알아보는 건 어때? 아틀란티스 파라다이스 아일랜드나…… 맞다, 디즈니 크루즈는 어떨까?"

올해 12살이 될 체이스에게 아틀란티스나 디즈니는 유치원생들이나 열광하는 '시시한' 여행지였다. 2년 전부터 스프링 브레이크 기간 동안 콜로라도로 스키 여행을 가고 싶다는 소망을 피력한 녀석에게는 더더욱.

나는 쓴웃음을 슬쩍 지었다. 나오미는 입술을 오므려 "오……." 하고 안타까운 한숨을 터뜨렸다. 그녀는 내 얼굴을 손으로 가볍게 감싸더니 입술에 키스했다. 따뜻한 키스였다. 그녀의 가슴에서 뾰족하게 올라오던 얼음 가시들이 하나둘 녹고 있다는 증거였다.

침묵 고문이나 최소 3박 4일 언쟁 릴레이에서 탈출할 수 있는 한 줄기 빛이 보이는 듯했다. 이 황금 같은 기회를 놓칠 수가 없었다. 나는 아마릴리스에게 부여했던 임무를 다시 도맡는 것으로 마무리를 짓기로 했다.

"주말 내내 당신 생각만 했어."
"저스틴……."

역시 봉사와 헌신은 언제나 정답이었다. 내 입술이 그녀가 원하는 곳을 찾아 돌고 도는 긴 유람을 해야 했지만 말이다. 숨 막히게 괴기스럽던 주말이 그렇게 끝났다.

7

4시 20분. 뉴욕 맨해튼에서 점심 미팅을 마치고 집으로 돌아오는 나오미를 픽업해야 하는 시간이었다.

11시 31 AM

한 5시간 후에 오면 되겠군.

손바닥에서 땀이 맺히는 느낌이 들었다. 나는 언제부터인지 휴대전화만 계속 만지작거리고 있었다. 두 번째이자, 마지막일지도 모를 위험한 모험에 긴장감까지 감돌았다.

갈 때까지 가 보는 거야.

방정맞은 내 손가락이 10개의 번호를 거침없이 누르고야 말았다.

"닥터 리겔과 예약을 하려 합니다."
"죄송합니다. 누구라고 하셨죠?"

전에 불손하던 접수처 직원과는 달리 고분고분한 말투였다.

"닥터 엘렉트라 리겔입니다."
"저희 병원에는 닥터 리겔이라는 사람이 없습니다."

공손했지만 바쁘니 빨리 끊어 달라는 듯한 뉘앙스가 목소리 톤에서 물씬 풍겼다.

"뭐라고요? 다시 확인해 주겠어요? 지난주 금요일에 진료받았던 환자입니다."
"확실한가요?"

틱 틱 컴퓨터 자판기를 두르리는 소리가 들렸다.

"……죄송합니다. 저희 시스템에서 그런 이름은 전혀 찾을 수가 없군요. 닥터 에릭 리글스는……"

나는 끝까지 듣지도 않고 전화를 끊었다. 기차역 우체통 옆에 서 있는 여인과 눈길이 마주 닿았기 때문이었다.

엘렉트라!

엘렉트라는 붉은 페인트가 칠해진 역사 벽에 등을 기댄 채 천천히 커피를 마셨다. 나를 똑바로 응시하는 그녀의 커다란 눈이 반가운 인사를 대신하고 있었다. 나는 차 문을 열고 번개처럼 빠르게 뛰쳐나갔다.

"안녕하세요! 여긴 어쩐 일이죠?"

나는 큰소리로 외쳤다. 놀라움과 반가움이 실타래처럼 얽힌 나의 벅찬 감정을 숨기기 힘들었다. 그녀는 별 반응 없이 커피가 든 종이컵에 입술을 가져다 댈 뿐이었다. 마치 내가 가까이 다가가기만을 기다리는 중인 것 같았다.

"이렇게 그린스 팜스에서 만날 줄은… 사실 닥터 리겔을 찾고 있었어요."

나는 애써 태연한 척하며 말했다.

"그랬나요?"

엘렉트라는 변화 없는 기색으로 대답했다. 몸매가 드러나는 스키니진과 허리선까지 내려오는 검정 가죽재킷을 입은 그녀는 벽에서 등을 떼고 섰다. 그녀는 파란 우체통 위에 한쪽 팔꿈치를 대고 상체를 옆으로 기울이더니 왼쪽 다리를 앞으로 옮겨 다리를 살짝 꼬았다. 헐렁한 스크럽과 의사 가운 속에 꼭꼭 숨겨졌던 그녀의 고운 자산이 미끈하게 드러났다. '선글라스라도 끼고 있었더라면!' 하는 나의 간절한 바람이 징징댔다. 그녀의 둥근 골반과 볼록 솟은 엉덩이에 철저히 고정되어 버린 내 못난 두 눈알을 감추고 싶었으니까.

"병원은 어떻게 된 겁니까? 조금 전에 확인······"
"뭐가 알고 싶은 거죠? 내 이름과 직업이 궁금한 건가요?"

엘렉트라는 말을 툭 자르고는 내 앞을 지나 걸어갔다. 나는 그 순간까지도 그녀의 가슴보다 더 탐스러운 엉덩이를 주시하는 못된 눈 버릇을 어찌할 수가 없었다.

"화형 당한 남자의 소식을 듣고 싶진 않은가요?"

엉뚱한 질문이 엘렉트라의 입에서 불거져 나왔다. 갑작스러운 물음에 나는 식은땀이 등에 송골송골 맺히고 있다는 사실조차 인지하지 못했다.

"화… 형…… 이라니……"

"온몸이 결박된 상태로 불에 태워지고 있으면 화형 아닌가요?"

엘렉트라는 아무렇지도 않게 대꾸했다. 마치 일요일 오후 91번 도로 옆에서 발생했던 광경을 목격한 것처럼 말이다.

"궁금하다면 날 따라와요."

Mr. Browning

minnim

Mr. Browning

THE RECORD

기록

minnim

1

한적한 로컬 길로 들어선 엘렉트라의 소형 전기 자동차는 사유지로 보이는 비포장길로 방향을 돌렸다. 간밤에 내린 비로 길은 온통 진흙으로 질퍽거렸다. 기차역에서 이곳으로 오는 동안 나는 묻고 싶은 수십 가지 질문으로 입이 근질근질했다.

나를 따라다닌 겁니까?
나한테 관심 있나요?
혹시 예전에 만난 적이 있습니까?

"나는 브라우닝 씨에 대해 모든 걸 알고 있어요. 도우려는 거니까 너무 긴장하지 말아요."

어떤 질문으로 시작할지 시끌시끌한 머릿속을 정렬하는 틈에 엘렉트라가 선수를 쳤다.

모든 걸 알고 있다고?

나는 놀란 눈으로 엘렉트라를 쳐다보았다. 흙물이 튀는 진창길 위에 단단히 고정된 그녀의 파란 눈이 응답이라도 하듯이 환하게 빛났다.

커브 길을 돌자 녹색 커튼을 둘러놓은 듯한 담벼락이 나타났다. 엘렉트라는 아이비로 촘촘히 덮인 높은 담장 사이로 나 있는 좁다란 통로로 차를 몰았다. 입구를 통과하자 으리으리한 저택을 상상했던 나의 예상을 깨고 넓은 대지 위에 작은 통나무집이 덩그러니 서 있었다. 나는 엘렉트라가 외모만큼이나 특이한 취향을 가졌다고 생각했다. 아니면 부모에게서 물려받은 토지에 아주 싼값으로 지은 집일 수도 있다는 추측도 해 보았다.

"내려요."

엘렉트라는 허름한 통나무집 앞에 자동차를 세우며 말했다. 나는 그녀가 차에서 내리기만을 기다렸다가 바지 뒷주머니에 꽂힌 지갑을 꺼냈다.

젠장!

소지하고 있던 콘돔이 다 떨어진 것을 확인한 나는 아랫입술을 깨물었다. 2주 전 나오미와의 카섹스로 지갑에 들어 있던 콘돔 2개를 다 써 버린 기억이 떠올랐다.

명색이 의사인데 여분의 콘돔 정도는 가지고 있겠지.

나는 스스로를 안심시키며 차에서 내렸다.

현관문을 열고 통나무집 안으로 들어갔다. 단출하다 못해 휑했다. 목판을 이어 붙인 벽에는 그야말로 아무것도 걸려 있지 않았다. 마룻바닥도 깔린 러그 하나 없이 민낯처럼 훤했다. 그나마 있는 가구라고는 의자 두 개와 소형 탁자가 다 였다.

미니멀리즘 신봉자 구만.

"편하게 앉아요."

엘렉트라가 손으로 의자를 가리키며 말했다. 어느 틈에 벌써 가죽 재킷과 스웨터를 벗어 재낀 그녀는 상체에 흰 티셔츠만 걸치고 있었다. 얇은 재질의 티셔츠 밑으로 검은 브래지어가 어스름하게 비쳤다.

응급실에 실려간 이후부터 나를 쫓아다닌 것이 분명해.

내 주소쯤 알아내는 건 아주 쉬운 일이었을 테니까.
그렇다면 금요일에 내가 제시한 메시지도 분명 눈치챘었겠지.
후후! 앙큼한 암고양이 같으니.
달콤한 말로 남자를 유혹하는데 서툰 것을 보니
뻣뻣한 성격을 가졌겠군.
괜스레 영양가 없이 나불대는 것 보담
솔직 담백한 것이 낫긴 하지.
엘렉트라…… 오늘 당신을 완벽하게 지도해 주겠어!

나는 의자에 앉아 엘렉트라의 옷을 그녀의 몸에서 한 꺼풀씩 벗기는 상상을 했다. 착 달라붙은 스키니진을 잡고 내릴 때 드러날 그녀의 둔부를 생각하면 벌써부터 후끈 달아올랐다.

레이스로 된 끈팬티일까?
심플한 삼각팬티일까?

상상의 나래는 나를 깊고 푸른 곳으로 끌고 들어갔다. 그 끝을 알 수 없는 심해와 같은 곳으로 말이다.

"내 이름은 이쉬크로 폴리다인이에요. 브라우닝 씨를 찾아 아주 먼 곳에서 왔어요."

엘렉트라의 생뚱맞은 소리에 말캉거리던 내 핑크빛 이미지가 흔적도 없이 소멸했다. 중음이 말끔히 사라진 그녀의 음성은 어린 소녀와 같이 맑았다.

"지금 무슨 말을 하는 겁니까?"
"이미 말한 대로 나는 당신의 모든 것을 알고 있어요."

사라가 고용한 사설탐정일지도 모른다는 생각이 하늘에서 떨어진 벼락처럼 사지를 꿰뚫었다.

"사라입니까?"
"사라 존스는 당신의 전 부인이자, 당신의 하나뿐인 아들 체이스의 어머니이죠. 회계사인 그녀는 현재 메릴랜드에서 아들과 단둘이 살고 있네요. 1년 전부터 시작한 크로스핏 트레이닝에도 열심히군요. 최근에는 체이스와 파리에도 다녀왔죠. 모르고 있지 않았나요?"

엘렉트라의 말대로 나는 체이스가 파리에 갔다는 사실에 대해 전혀 알고 있지 않았다. 체이스와 마지막 영상 통화가 언제였는지 손꼽아 헤아려 보았다. 응급실로 달려갔던 전날 저녁이었으니까 벌써 2주가 다 되어갔다. 그날도 파리 여행에 관한 언급은 없었다.

내가 죽음의 문턱에서 발버둥 칠 때 사라는 체이스와 함께 에펠 탑에 올라 파리 야경이나 즐기고 있었다고 생각하니 이가 부드득 갈렸다. 만나는 남자가 있음이 분명했다. 그러니 내가 준비한 스키 여행도 그토록 간단히 뭉그러뜨리는 것이다.

"아스펜은 잊어요. 못 가게 될 거예요."

엘렉트라가 내 마음을 훤히 읽은 것만 같았다. 그녀는 곧장 말을 이어갔다.

"사라는 아직도 가끔씩 불면증에 시달리고 있어요. 수년 전 당신이 준 배신감과 모멸감에서 여전히 치유되지 않았기 때문이죠."
"어디서 무슨 말을 들었는지 모르겠지만……"
"아, 지금 구실 거리 재료를 준비하고 있나요? 당신이 때마다 잘 활용한 건 익히 알고 있지만, 구차하게 질리를 방패막이로 세워놓는 건 이젠 그만하죠."

어어, 질리? 지금 질리라고 했어?

질리언 맥나마라. 내 이혼 전후를 함께 했던 여자 친구였다. 질리언을 '질리'라고 부르는 사람은 그녀의 가족이나 친한 친구들 몇 외에는 없었다.

사라도 모르는 질리라는 이름을 엘렉트라는 어떻게 알고 있는 거지?

"질리와도 아는 사이입니까?"
"난 사라 존스와도, 질리언 맥나마라와도 개인적 친분은 없어요. 단지 당신에 관해 모든 것을 알고 있을 뿐이죠. 브라우닝 씨, 아니 이제부터 당신을 저스틴이라고 불러도 될까요?"
"좋을 대로 하세요."

모든 것이 뒤죽박죽이었다. 찬찬히 순서에 따라 조리 있게 대화에 임해야 한다고 혼자 뇌까렸다. 나는 심호흡을 한 번 크게 내뱉었다.

"이젠…… 내가 질문을 해야 할 차례 같은데."

엘렉트라는 고개를 끄떡했다. 그녀는 "뭐든지." 하고 무언의 눈빛을 던졌다.

"당신의 이름이 이쉬카 폴리… 라고 했는데……"
"이쉬크로 폴리다인. 내 본명이죠. 하지만 나는 십만 개가 넘는 이름을 가지고 있어요. 그러니 편하게 엘렉트라라고 부르세요."
"좋아요, 엘렉트라. 이 질문부터 먼저 하겠어요. 당신은 사라가 고용한 사설탐정입니까?"

"노."

엘렉트라는 딱 잘라 말했다. 아까부터 화끈거리던 속 쓰림 현상이 조금은 나아지는 듯했다.

"병원은 언제 옮긴 겁니까?"

나는 잊을 뻔했던 첫 질문을 다시 끄집어냈다.

"노워크 병원에서 날 찾을 수 없을 거예요."
"그렇다면 우린 더 이상 의사와 환자로 만날 수 있는 관계가 아니라는 뜻이군요. 새로 옮긴 병원은 여기서 먼 곳입니까?"
"아마 그 병원에 올 일은 없을 것 같군요."

차라리 잘 된 일이라는 생각이 들었다. 공연히 오며 가며 마주치는 것보다는 계획적인 만남이 훨씬 실속 있고 안전할 것 같았다.

"프로필을 확인하니 외국어에도 능통하던데."
"취미 활동 중 하나예요."
"정말 5개 국어가 가능합니까?"
"가능하다고 하면 믿을 건가요?"

접근 방식을 바꾸는 것이 나을 듯했다. 나는 원초적인 질문으로 넘어갔다.

"아주 먼 곳에서 왔다고 했는데, 정확히 어디서 온 겁니까?"
"당신이 살고 있지 않는 곳이라고 말해 두죠. 지금은 이해하지 못할 테니까. 하지만 걱정 말아요. 차차 알게 될 테니까요. 이 모든 것은 당신, 저스틴 브라우닝을 위한 학습 과정이라고 생각하세요."

학습 과정이라…….

나도 모르게 이마가 찌푸려졌다.

"그럼 91번 도로에서 목격한 사건에 관한 이야기를 시작해 봅시다. 엘렉트라, 당신은 어디에 있었던 겁니까?"
"당신과 매우 가까운 곳에."
"난 당신을 보지 못한 것 같은데. 내가 본 건 발가벗은 원주민들과 치솟는 화염 속에서 뒤지르던 남자뿐이었으니까."
"신문을 읽을 때마다 돋보기를 써야 하고, 30피트 이상 떨어진 거리에선 얼굴 인식도 제대로 못하는 당신의 눈을 무척이나 신뢰하는군요."

정면에 위치한 의자에 걸터앉은 엘렉트라가 상체를 앞으로 숙였다.

둥그렇게 파인 네크라인 사이로 그녀의 커다란 가슴 틈 오목한 부분이 분명하게 나타났다. 나는 축축한 혀로 말라서 거친 느낌의 입술을 조용히 핥았다.

"계속해 봐요."

신음 소리에 가까웠다. 엉큼스러운 하이에나가 몸을 발라당 뒤집고 누워서 내는 소리와 흡사했다. 내 목소리였지만 몸서리가 절로 쳐졌다.

"당신이 발을 디딘 현장에 대해 말하자면, 그곳은 '긴 물의 땅'이란 뜻을 가진 퀴니피악 부족이 모여 살던 지역이었어요. 당신이 보았던 원주민들은 엘루윌루시트 추장을 중심으로 한 공동체 일원들이죠."

"그럼 내가 인디언 보호 구역에 들어갔었다는 말인가요?"

"저스틴, 17세기에는 인디언 보호 구역이라는 게 존재하지 않았어요."

"17세기라니. 뭐 하는 겁니까, 정말!"

"당신은 포털을 통해 1621년을 잠시 다녀왔어요. 아주 쉽게 설명하자면 시간 여행을 한 것이랍니다. 나도 왜 그런 일이 발생했는지 알아보는 중이에요."

"포털? 시간 여행……?"

나는 눈을 치켜뜨고 엘렉트라를 노려보았다. 그러나 그녀는 기계적으로 말을 이어갔다.

"퀴니피악 부족은 유럽인들이 퍼뜨린 천연두와 그 밖의 질병들로 한꺼번에 많은 사람들을 잃었죠. 불에 태워진 남자는 천연두를 앓고 있던 네덜란드 상인이었어요. 그들은 불로 악귀를 쫓던 부족의 종교의식을 행한 것뿐이에요."

마치 세일즈맨에게 속아 비싼 값을 치르고 가짜 상품을 사는 기분이었다.

엘렉트라, 나는 당신이 정말 매력적이라고 생각해.
이런 말도 안 되는 헛소리들을 늘어놓지 않아도
난 이미 당신에게 반했다고!
4차원 사이코 콘셉트는 당장 집어치우고
나랑 순순히 침대에 오르는 게 어떨까?

"믿지 않는군요. 믿기 힘들다는 것… 알아요. 이것만 기억해요. 난 당신을 돕기 위해 이곳에 왔다는 것을. 내가 하는 말을 믿고 안 믿고는 당신의 자유이겠지만."
"참 나……. 그래서 나를 돕는다는 건 도대체 무슨 뜻인가요?"
"48년간 살아온 당신의 삶에 대해 어떻게 생각하나요?"

"그럭저럭 잘 살아온 것 같아요. 만족해요."
"진심인가요?"
"지금 스무고개 게임이라도 하자는 겁니까?"

나는 시작도 하기 전에 슬슬 지쳐갔다. 언제쯤 그녀가 내 품에 안길지 의문이었다.

"기억이 가물가물하다면 기쁜 마음으로 되살려 주겠어요. 대학 전 이야기는 보류하죠. 그럼 대학 입학 이후부터 시작할까요?"

언뜻 엘렉트라의 빈정대는 듯한 어투가 내 것과 닮았다는 느낌이 들었다.

"당신에게 사라는 4년짜리 여자 친구죠. 그녀는 단지 과제와 시험 도우미니까. 졸업과 함께 그녀와 헤어질 생각을 일찌감치 합니다. 대학 4년 내내 다른 여성들과 몰래몰래 데이트도 하고, 잠자리도 가지는 행위를 감행하는군요. 들킬 듯 안 들킬 듯. 스릴감 있는 기분을 즐기다 스스로 도취 현상에 빠지는 계기가 그렇게 만들어지죠. 그리고 갈수록 죄의식도 사라져 버리네요."

엘렉트라의 말이 점점 빨라지기 시작했다.

"……아무것도 모르는 사라는 졸업 후에도 당신만 바라보는군요. 언젠가 당신과 함께 행복한 가정을 꾸리는 상상을 하며 말이죠. 변변한 직업도 없이 떠도는 당신을 위해 금전적인 지원도 아끼지 않고. 그런데 당신은 어떤가요? 킴벌리와 단순한 육체관계를 넘어 긴 동거 생활에 돌입하기까지 이르게 됩니다."

킴벌리 가르시아. 대학 졸업 후 뉴욕에서 만난 여자였다. 어퍼 웨스트사이드 부자들이 맡긴 애완견들을 산책시키는 일을 하던 그녀는 주말 밤이면 이스트 빌리지에 있는 작은 바에서 노래를 불렀다.
내가 킴벌리의 바퀴벌레 가득한 반지하 원룸 아파트에서 그녀의 벌거숭이 몸과 한데 엉켜 뒹굴기만 했다고 생각하면 오산이다. 그녀와 나는 함께 음악 작업을 하며 뮤지션의 꿈을 꾸었다. 우리는 서로에게 음악적 영감을 주는 파트너이자 정신적 동반자였다.
킴벌리와의 섹스는, 뭐랄까, 평화 유지를 위한 불가피한 선택이었다. 내 육신에 어떤 화학적 반응도 불러일으키지 않는 사라의 납작한 몸을 손가락질하기 싫었던 배려랄까. "너에게 성적 매력이란 제로야!"라는 직설적 표현보다 더 잔인할 수 있지 않은가. 그런 면에서 킴벌리는 적절한 해법이었다. 쌓이고 있던 스트레스와 빚을 한꺼번에 날릴 수 있는 해결책 말이다.

"……스스로를 속이고 자기 합리화를 구축해 나가는 현상이 그 후 끊이지 않고 진행되는군요."

쉴 새 없이 떠들어대다 보니 지치기라도 한 것일까. 엘렉트라는 잠시 납신거리던 입술을 닫았다.

"……제시카 쉐스킨, 에린 트렌트, 안드레아 얀돌리노, 리사 루이스, 메레디스 켈리, 린다 레딩턴, 질리언 맥나마라, 제이미 바스톤, 사만사 머피, 멜리사 그린버그, 에리카 라스터 그리고 나오미 리핀스키까지."

절대 아니었다.
엘렉트라는 까맣게 잊고 있던 옛 여자 친구들의 이름을 빠짐없이 열거했다. 모든 것을 다 알고 있다고 큰소리치더니 완전 거짓말은 아닌 것 같았다. 게다가 과거의 일을 생생하게 묘사하고 싶어서인지 그녀는 줄곧 '현재형'으로 서술하고 있었다.

"내 과거 여자들의 이름을 용케 다 찾아냈군요. 비결이 뭡니까?"
"높은 근면성?"

나는 자칫 크게 터져 나올 뻔한 웃음을 참았다. 그녀의 유머 감각은 건조하기 짝이 없었다. 이쯤에서 나의 한 방이 필요했다.

"와우, 대단하군요! 얼마 받고 이러는 겁니까?"

"예상대로 당신은 편협하고 고집불통이군요. 본시 융통성이 없는 성향으로 인해 한계를 극복하지 못했죠. 그래서 십만 년이 넘는 기간 동안 학습 훈련만 끝없이 반복 중인데……. 시간 낭비였다고 할 순 없지만, 이제 그 영혼의 굴레에서 벗어날 때가 되었어요."

나는 믿지도 않는 신을 저주했다. 어떤 조각 작품보다 훌륭한 육체를 소유한 이 여인은 입만 열면 망언이나 내갈기는 정신병자였다. 아깝지만 얼른 버려야 할 것 같았다.

"엘렉트라… 아, 아니 닥터 리겔, 난 이만 가 봐야겠어요. 이따가 여자 친구 픽업도 해야 해서……. 기차역까지 데려다주겠어요?"
"걱정 말아요. 나오미는 4시 20분에 도착하지 않아요. 그랜드 센트럴 역에서 8시 7분에 떠나는 기차를 타게 될 거예요."

뭐?

재킷 주머니에서 단발성 진동음이 울렸다.

> 허니,
> 클라이언트와 롱아일랜드에 있는 리셉션 장소를 방문하게 되었어.
> 그래서 4시 20분에 도착하기 힘들 것 같아.
> 맨해튼으로 돌아가는 대로 다시 연락할게.

XOXO

나는 휴대전화 대화창에 찍힌 나오미의 문자 메시지를 읽고 또 읽었다. 설명하기 힘든 해괴한 일이 벌어지고 있음을 감지했다. 나의 뇌에서 생산된 이성적 사고의 한 조각이 '냉큼 여기서 빠져나가!' 하고 재촉했다.

사라가 고용한 사설탐정이 아니라고 했어.
이유야 어쨌든지 날 돕기 위해 내 주변을 얼쩡거린다는
고백 아닌 고백도 늘어놓은 상태인데.
한번 안고 키스해 볼까?
딱 한 번만!

손끝 하나 대지 않고 엘렉트라를 포기해야 한다고 생각하니 속이 아렸다. 어느새 다가온 것일까. 엘렉트라는 내가 앉은 의자 바로 앞에 놓인 탁자 위에 육감적인 엉덩이를 걸치고 앉아 있었다. 팔을 조금만 뻗치면 그녀의 불쑥한 가슴을 한 손에 움켜쥘 수 있을 것 같았다. 그런 내 마음이라도 읽은 것인지, 그녀는 허리를 쭉 펴서 가슴을 앞으로 내밀었다.

나는 마른침만 삼켜 댔다.

"저스틴, 아직도 모르겠어요? 당신의 난잡한 여자관계나 폭로하려고 이러는 게 아니라는 걸? 이건 하나의 보기일 뿐이에요."

"나… 난잡? 난잡이라고 했어요, 지금?"

"당신은 여태껏 자신을 속이고 기만하며 살아왔어요. 저지른 잘잘못은 시종일관 변명으로 덮는 당신, 자기 파괴적 패턴을 일삼는다는 걸 언제까지 외면하고 있을 건가요?"

엘렉트라의 말뜻이 뭐가 뭔지 이해할 수가 없었다. 다만 번뜩이는 비이성적 광기의 칼날만이 느껴질 뿐. 아니나 다를까, 좀스러운 나의 몸과 마음은 제멋대로 흐느적댔다.

"시작부터 잘못되었지. 방향을 잘못 틀었어. 이대로 계속 간다면 당신의 미래에 매우 큰 오류가 생기고 말 기야."

엘렉트라의 얼굴 위로 노부의 모습이 마스크처럼 내려앉았다. 그녀의 목소리도 순식간에 탁한 중음으로 변해 있었다. 첩첩한 주름 사이로 그녀의 파란 눈이 환하게 발광했다. 한쪽 뺨을 후려치는 듯한 강렬한 자극에 나는 정신이 번쩍 들었다.

"당신…… 누구야?"

'예전부터 알던 사이.' 하고 소곤대는 동물적 직감이 내 피부를 파고들었다. 별안간 왼쪽 가슴 아랫부분에서 극심한 고통이 발발했다. 심장을 가리가리 찢어 놓는 듯한 참을 수 없는 통증이었다.

'아직 준비가 되어 있질 않아.'

눈앞을 엄습하는 암흑을 뚫고 그녀의 음성이 귓속을 후볐다.

똑. 똑. 똑.

창문을 두드리는 소리에 눈이 저절로 떠졌다. 빙긋 웃는 나오미의 얼굴이 창을 커다랗게 채우고 있었다. 놀란 나는 다급하게 자동차 문의 잠금을 풀었다.

"전화도 안 받고, 문자 메시지에 답도 없어서 택시 타려고 했었는데……. 그만 놀려요. 사랑해."

나오미의 가벼운 입맞춤이 나의 몽롱한 의식 상태를 깨웠다.

"저녁은 먹었어?"
"응? 으응……."

창 밖은 칠흑 같이 어두웠다. 나는 허둥지둥 시간을 확인했다.

9:20 PM

"왜 그래?"

나오미가 물었다. 통통 튀는 음색이었다. 어림짐작하자면 그녀는 여전히 기분 좋은 상태였다.

꿈을 꿨단 말이야?
도대체 얼마나 처잔 거야?
이런 꼿꼿한 자세로…….

그러고 보니 허리 아래쪽이 쑤셔 오는 것 같기도 했다. 나는 엔진을 걸었다.

꿈이 아니라면 어떻게 된 거야?

오전 11시 30분경 바로 이곳에서 엘렉트라와 마주친 게 오프닝이었다. 나는 차에서 내려 그녀와 인사를 했다. 그리고 그녀의 차를 타고 그녀의 집으로 갔다.

잠깐, 차 문을 잠겼었나?

기억이 나지 않았다. 설령 꿈이었다 치더라도, 엘렉트라의 집에서 한 것이라곤 처음부터 끝까지 괴상한 대화였다. 그녀는 나에게 따끈한 차는커녕, 물 한 잔도 대접하지 않았다.

내가 할 수 있었던 것이라곤 의자에 어리벙벙하게 앉아 그녀의 몸을 눈으로 훑는 게 다 였다. '그림의 떡'이라는 표현이 딱 맞아떨어지는 상황 말이다.

옆에 앉은 나오미가 재잘댔다. 그녀의 하루 일과를 총정리한 이야기를 들려주는 중이었다. 이따금 '숨이 멎도록 아름다운 전망', '휘황찬란한 샹들리에', '멋진 분수대' 등의 문구들이 파편처럼 내 귀로 날아 들어왔다.

꿈이 맞나 보다.
또 헛걸 본 것 보니.
어휴! 꿈속에서 조차 그렇게 딱딱한 여자라니.
그건 그렇고…… 꿈이 어떻게 끝이 난 거지?

기억을 해 내려고 안간힘을 썼다. 전혀 떠오르지 않았다. 엘렉트라와의 문답은 아리송한 지점에서 멈춰 버렸고, 심한 가슴 통증과 함께 꿈이 끊긴 것 같았다. 문제는 꿈속 대화가 너무나 사실적이라는 점이었다.

만약에… 진짜 만약에……
꿈이 아니라 실제로 일어난 일이라고 가정을 해 본다면……
이걸 어떻게 해석해야 하는 걸까?
대화 도중 발생한 가슴 통증이라면……
주사기라도 꽂은 건가?

엘렉트라가 약에 취해 실신한 나를 둘러업고 차로 옮기는 모습이 나타났다 사라졌다.

"피곤해 보여."

나오미의 목소리가 공회전 중인 엔신 소리를 가르며 들려왔다.

"어… 그래?"
"당신에게도 긴 하루였구나. 어서 집으로 가요."

나는 기어를 주행에 넣으며 속으로 말했다.

아주아주 긴 하루였어.

2

나는 아침 일찍 사라에게 전화를 걸었다. 순순히 포기하기도 싫었을 뿐만 아니라, 엘렉트라의 정보력을 시험해 보고 싶었다. 나오미가 필라테스 수업으로 자리를 비우는 오전 시간이 적격이었다.

"웬일이야?"

사라의 퉁명스러운 인사말에 벌써 기분이 잡쳤다. 한때 '똑 부러진다.'라고 여겨지던 그녀의 말투는 어느 시점부터 상당히 거칠고 불쾌하게 들리기 시작했다.

"아스펜 말이야……"
"그 문제라면 이미 끝난 얘기일 텐데."

사라는 귀찮다는 듯이 재빨리 대답했다. 대화 도중 상대방 말을 뚝 잘라먹고 자기 말만 하는 게 그녀의 특기였다.

"나와는 일말의 상의도 없이 체이스를 파리에 데려간 당신이 나한테 이럴 자격이 있을까?"
"자격? 넌 체이스의 엄마이자, 양육권을 가진 보호자야. 내 아들이 원하는 곳은 어디든 데려갈 자격이 있어. 파리 여행은 마틴 루터 킹 기념일을 낀 주말 동안 갔다 온 거고."

사라는 내가 파리 여행에 대해 어떻게 알았는지는 관심도 없었다.

"그래도 나한테는 온다 간다 말 한마디는 했어야 하지 않아?"
"왜 갔는 줄이나 알아? 체이스가 원했어. 근래에 레오나르도 다빈치에 푹 빠진 체이스가 루브르 미술관에 가고 싶다고 했다고. 요즘 애가 뭐에 관심이 있는 줄은 알고 있는 거야?"

다빈치라. 처음 듣는 이야기였다. 내가 알고 있는 체이스의 주된 관심은 비디오 게임과 스포츠였다.

"그 손바닥만 한 모나리자 그림을 보여주겠다고 얼마나 오랫동안 줄을 섰는지 알기나 해? 아무것도 모르면서 큰소리치지 마!"

콧방귀를 뀌는 사라의 삐죽거리는 표정이 생생히 그려졌다.

"체이스가 아스펜도 가길 원해. 오래전부터 콜로라도에서 스키를 타고 싶어 했다고."
"당신 정말 아무것도 모르는구나? 하하."
"모르긴 뭘 모른다는 거야?"
"숀 화이트. 이름은 들어봤겠지? 체이스에게 새로운 우상이 생겼어. 그 아이는 스노보드를 배우고 싶어 한다고. 그것도 숀 화이트의 홈 마운틴인 캘리포니아 매머드에서, 콜로라도 아스펜이 아니라."

그럴 리가 없었다. 체이스는 단 한 번도 숀 화이트니, 스노보드니 하는 말을 꺼낸 적이 없었다. 사라가 아스펜을 단념시키기 위해 엉뚱한 바람을 불어넣었음이 분명했다.

망할 년 같으니라고!

마지막으로 가장 중요한 사실을 확인해야 했다.

"혹시…… 엘렉트라 리겔이라고 알아?"
"누구야? 난 모르는 사람이야."
"아… 알았어."

안도감이 푹석 무너 앉았다. 그런데 여전히 마음이 편하지 않았다.

"시간 있으면 여름 방학 계획이나 세워 보든지."

밤새 벼르던 사라와의 전화 통화는 그녀의 압도적인 승리로 짤막하게 종결되었다. 맥이 빠진 나는 작업실에서 나왔다. 시원한 맥주 한 병이라도 들이켜야 끓어오르는 속이 풀릴 것 같았다.

"아아악!"

나는 리빙룸으로 들어서자마자 한소리를 지르고 말았다. 윙백 의자에 천연덕스레 앉아 있는 엘렉트라를 발견한 바로 직후였다. 검정 실크 블라우스와 레깅스 차림의 그녀는 턱을 한 손으로 괸 채 편안한 자세로 앉아 있었다.

"가죽은 좋은 걸요?"

엘렉트라는 의자의 팔걸이 부분을 만지며 말했다. 그녀가 맞았다. 비싼 가죽으로 덮인 의자는 나오미가 블랙 프라이데이 세일 때 즉흥적으로 구매한 처치 곤란 물건이었다. 크기, 모양, 색 모두 전체적인 분위기와 어울리지 않아 리빙룸 구석에 방치된 지 몇 달째였다.

나는 놀란 티를 가릴 틈도 미처 찾지 못했다. 급속 냉각 상태가 되어 버린 나의 뇌의 지각력 마저 가파르게 하강하고 있었다.

"여긴…… 어떻게 들어왔어요?"

영리하게도 혓바닥과 눈알만은 알아서 제각기 작동했다. 경계 경보를 알리는 긴박한 음성 위로 나의 눈길은 엘렉트라의 몸을 바쁘게 더듬었다.

"문이 열려 있었다는 정도로 하죠."
"날 미행한 겁니까?"
"이미 여러 번 얘기하지 않았나요? 당신을 돕기 위해 왔다고. 쉽게 내린 결정 아니에요."
"꿈이 아니었단 말인가요?"
"흠… 재밌군요. 이해력이 딸릴 때마다 꿈이라고 치부하는군요. 그럼 꿈이란 과연 뭘까요?"

이번에도 엘렉트라가 친 그물에 걸려드는 느낌이 들었다. 서둘러 벗어나야 했다.

"좋아요. 꿈이 아니었다고 치겠습니다. 그렇다면 기차역까지 날 어떻게 옮긴 겁니까? 보기보다 힘이 상당하군요."

"지금 상황은 어떤가요? 꿈인가요? 아닌가요? 꿈과 현실의 경계라는 것이 존재한다고 믿나요? 표정을 보니 당신의 궁금증은 오로지 '통나무집에 갔느냐, 안 갔느냐.' 하는 지점에 정체되어 있군요. 갔었나요? 가지 않았다면, '꿈'이라는 개념에 한정되어있는 당신의 착각인가요?"

말을 꺼낸 것이 잘못이었다. 나는 엘렉트라의 입가에 웃음의 흔적이라도 감돌 것을 예측했다. 하지만 그녀는 눈을 반쯤 내리깐 채 강론이나 하고 있었다.

"하나만 묻겠어요. 아들을 사랑하나요?"
"그걸 질문이라고 합니까? 체이스는 내 인생입니다."
"한 번 더 묻죠. 아들을 진심으로 사랑하나요? 무조건적인 사랑이라고 확신하세요?"

같은 질문을 재차 던지는 엘렉트라의 표정이 사뭇 즐거워 보였다. 그녀가 얻어내려 하는 핵심이 무엇인지 궁금증을 자아내었다.

"당연하죠!"
"체이스가 태어나기 19개월 전, 정확히 이혼을 하기 34개월 전이죠."
"……."

누군가의 자서전을 집필하더라도 이렇게 세세하게 열거할 순 없을 듯했다.

"당신은 또다시 불륜을 저지릅니다. 이번 상대는 여성 속옷 디자이너인 질리언 맥나마라였죠. 당신의 아들이 사라의 뱃속에 있을 때도, 태어날 때도, 첫 번째 생일을 맞는 순간에도 당신은 질리언과 아찔한 관계를 유지합니다."

엘렉트라의 현재형 서술이 어김없이 시작되었다. "뭘 말하고 싶냐?" 하고 대뜸 따지고 싶었지만 나는 입을 꾹 다문 채 그녀의 몸만 조용히 탐닉했다.

"이혼이 결정되자 당신은 어땠나요? 아마 시원섭섭이란 표현이 적합할 듯싶군요. 사라의 안정적인 직업과 그녀 집안의 재력이 사뭇 아쉬웠지만, 대신 커다란 자유를 얻었으니까요. 더 이상 마음 졸이며 총각 행세를 할 필요 없이 당당하게 '싱글'이라고 광고도 할 수 있고. 아주 홀가분해집니다."

"내 속마음까지 샅샅이 들춰내 무슨 처벌이라도 가할 기세군요."

"속마음! 좋은 지적이에요. 그 부분은 다음 기회에 제기할 테니 기다려 주세요. 하던 말을 계속 이어가죠."

미리 철저하고 치밀한 계산을 끝낸 뒤 날 찾아왔음이 분명했다. 엘렉트라의 집요함에 잠시 그녀의 먹음직스러운 육체를 포기하고 싶은 생각까지 들었다.

　　"이혼 후 당신의 삶에 작은 변화가 생기기 시작합니다. '미혼남'이라고 알고 있던 당신이 하룻밤 사이에 '이혼남'으로 둔갑하자 당신 주변 사람들이 동요하기 시작하죠. 물론 그 시작은 질리언이었어요."
　　"동요라고? 참나……."

　　나는 "웰컴 투 더 클럽!" 하고 외치며 내 등을 두드리던 자들의 위로 어린 제스처가 떠올랐다. 그들의 연민을 '동요'라고 치부하다니. 엘렉트라의 공감 능력은 형편없는 수준이었다.

　　"11월 2일. 불행히도 체이스와 질리언의 생일이 같은 날이군요. 덕분에 체이스가 태어나던 날 당신은 질리언의 서른 번째 생일 파티를 펑크 내는 불상사를 일으키죠. 질리언과 헤어질 뻔한 첫 사례가 아닌가요?"
　　"당신은 남의 불행한 과거가 시트콤처럼 재밌나요?"
　　"반발하기 전에 내가 여기에 온 이유에 대해 곰곰이 생각해 봐요."

종아리 뒤쪽이 아려 오는 것을 느꼈다. 이제까지 어정쩡한 자세로 엘렉트라와 맞서서 버티고 있다는 것을 깜빡했다.

시작했다 하면 멈출 줄을 모르는 불도저형 성격을 가졌군.

나는 숨을 고른 후 소파로 향했다. 엉덩이를 깊숙이 넣어 등을 쿠션에 단단히 대고 앉았다. 양다리를 쭉 뻗어 커피 테이블 위에 올려놓으니 막연한 피로감이 잠시나마 사그라지는 듯했다.

"임무 수행은 해야 하니 계속하겠어요."

엘렉트라는 지칠 줄 모르는 에너자이저였다. 나는 '저 정력을 다른 곳에 써먹었으면.' 하고 진심으로 빌었다.

"뼈저린 경험을 바탕으로 당신은 체이스의 첫 번째 생일 파티에도, 두 번째 생일 파티에도 나타나지 않죠. 출장 핑계를 대고서는."
"출장은 미리 잡혀 있던 일정이라 나도 어쩔 수 없었어요."
"그런데 그 고정된 스케줄을 바꾸고는 질리언과 여행을 떠나네요. 샌프란시스코와 샌터 페이로."

엘렉트라와 나 사이를 긋는 불편한 각도가 내 기분을 더욱 심란하게 만들었다.

불안감과 절망감이 동시다발적으로 다가왔다.
무척 오랜만에 느끼는 감정이었다. 억척스럽게 유지하고 있던 질서가 와르르 무너지는 그런 더러운 느낌.

"질리언 이야기로 잠시 돌아가죠. 여기서 주목할 부분은 질리언은 연애 기간 내내 당신이 유부남이라는 사실을 까맣게 모르고 있었다는 점이에요. 길지 않은 기간이었지만 그녀는 심리 상담가와 점성술사에 매달리기까지 하네요. 당신의 이혼 선언 및 체이스의 존재 자체가 쇼크로 온 거죠. 마침내 당신은 질리언을 잃게 되는 난관에 봉착하게 됩니다. 크게 싸우는 도중 질리언이 당신의 몰락을 장담하는군요."

"몰락? 아예 괴멸이라고 하지 그래요. 우리, 서로에게 상처가 되는 지나친 저주는 삼갑시다."

"기억 안 나요? 언젠가 체이스가 모든 사실을 알게 될 것이라고 했는데. 그리고 결국엔 당신을 아버지라는 지위에서 박탈시킬 거라고."

지위 박탈.
무심코 듣기만 해도 씁쓸한 맛이 혀끝에 감돌았다. 훗날 아들의 결혼식에도 참석 못하는 상황은 상상만 해도 쓸쓸했다.

체이스는 나의 디엔에이(DNA) 일부를 가져간

유일한 생명이야.
우린 부자 관계라고.
지위라고 칭하는 자체가 부적절하지.
엘렉트라는 질리와 상당히 가까운 관계임이 분명해.
일면도 없다는 말은 상식적으로 얼토당토않은 거짓말이지.
내가 속아 넘어갈 거 같아?

"체이스는 당신을 결혼식에 초대하지 않을 거예요. 그래도 양아버지가 당신의 자리를 채워 줄 테니 너무 체념하지 말아요."
"이것 보세요!"

나는 자리에서 벌떡 일어섰다. 피가 거꾸로 솟구치는 것만 같았다.

"앉아요. 할 이야기가 좀 더 있으니까요."
"필요 없어요. 더 이상 듣고 싶지 않아요."

나는 체이스에게 또 다른 아버지가 생긴다는 상상만 해도 기분이 나빴다.

"인공 수정에 의해 만들어진 생명이라도 엄연한 당신의 핏줄이죠. 게다가 사정한 정액은 당신의 마지막 선물이기도 했으니까."

나는 참을 수가 없었다. 당장이라도 달려가 엘렉트라의 못된 입을 틀어막아 버리고 싶었다. 마구잡이로 날뛰는 그녀의 사악한 혓바닥을 한입에 삼키고 싶었다.

"흥분하지 말고 앉아요. 흥미로운 이야기가 많이 남아 있어요."

나는 가까스로 소파에 털썩 주저앉았다.
엘렉트라의 '흥분'이란 표현은 적확했다. 내 과거를 함부로 후비적거리는 그녀는 나를 감정적으로, 또한 육체적으로 완벽하게 흥분시켰다. 내 열 손가락이 그녀의 블라우스 단추를 확 뜯어내고 싶은 야욕으로 꿈틀거렸다. 눈앞에 불룩 솟은 두 개의 봉우리가 생생하게 보이는 듯했다. 미친 듯이 빨고, 잘근잘근 씹고 싶은 강한 충동이 저 아래에서부터 북받쳐 올랐다. 그녀의 숨통이 끊어질 때까지 말이다.

"재미난 이야기 좀 더 들어봅시다. 하지만 각오해요. 만약 재미없으면 당신을 어떻게 할지… 나도 모르니까."

나는 비장한 어투로 말했다.

"체이스가 당신의 아들이어야만 하는 이유는 여러 가지가 있습니다. 그중 '혈육'이라는 관점에서 살펴보죠. 다만 당신과 유전학적 정보를 공유한다는 1차원적인 입장은 여기서 배제하고 싶군요."

그래 혈육!

"……보통 남자는 감정에 의한 의식의 지배로 본능적인 사랑을 낳습니다. 일명 '부성애'라고 하죠. 다행히 당신에게도 그 본능이 전무하지는 않아요. 어느 정도는요."

엘렉트라는 아무런 감정의 변화도 보이지 않고 하던 이야기를 묵묵히 이어 나갔다.

"저스틴, 당신의 속마음 깊은 어느 한 곳을 잘 살펴봐요. 사라의 갑작스러운 이혼 요구에 사뭇 놀란 당신이 보이나요? 이번 타격은 피하지 못할 수도 있다는 미묘한 불안감이 현실로 나타나자 당신은 어땠나요? 미래에 대한 걱정들로 노심초사하던 그 시점 말이에요. 당신 계산에서 날아가 버린 사라의 재산. 그녀가 상속받을 막대한 재산 정도로 정리하죠."

나는 잊고 있었다. 사라가 제공한 물질적 여유가 나를 나태하게 만들었다는 것을. 사라의 명의로 되어 있는 트러스트 펀드의 엄청난 잔고는 흔한 고민거리 마저 우습게 만드는 마력이 있었다. 홈 모기지, 크레디트 카드 빚, 건강 보험, 차 할부금 등등에서 해방된 나는 자유롭게 일할 수 있었고, 마음대로 '딴짓'을 할 수 있었다.

나랑 같은 처지에 있어 봐.

세상 어느 남자라도 다 거기서 거기일 테니까.
내가 특별한 게 아냐!

"사라는 당신의 인생 보험이었어요. 그런데 그 보험의 계약이 중도에 해지되어 버리고 말았죠. 그러니 당신은 다른 보험이 필요했어요. 당신의 미래를 걸 수 있는 또 하나의 인생 보험. 바로 체이스. 내가 틀렸나요?"

"이봐요! 나의 사랑을 그딴 식으로 왜곡하지 마!"

"또 잊고 말았군요. 내가 이곳을 방문한 이유는 오직 단 하나. 당신을 돕기 위한 것이라는 것을."

웅. 웅. 웅. 웅.

수신 전화를 알리는 신호음이 엉덩이 밑에서 잉잉 울어댔다. Z 뉴스 네트워크의 크리에이티브 서비스팀 헤드인 앤디 펄먼이었다. 리브랜딩 프로젝트 건으로 연락을 했음이 틀림없었다.

"안녕하세요, 앤디! 어떻게 지냈어요?"

나는 휴대전화를 얼른 귀에 가져다 댔다. 눈을 들어 엘렉트라를 찾았다. 잠깐만 기다리라는 수신호를 보낼 참이었다. 하지만 그녀는 이미 리빙룸에서 자취를 감추고 없었다.

"다음 주라…… 괜찮을 것 같긴 한데……."

나는 거실을 지나 다이닝룸을 확인했다. 없었다.

"새로 편성될 프로그램의 크리에이티브 브리프를 보내 주세요. 일단 거기서 시작을 해 보죠."

화장실, 작업실, 세탁실, 2층, 지하실, 차고까지 차례로 돌며 엘렉트라를 찾았다. 역시 없었다.

"그럼, 다음 주에 만나겠습니다."

엘렉트라는 인사도 생략하고 슬그머니 떠났다. 소위 '아이리시 굿바이(Irish Goodbye)'라 불리는 무례하기 짝이 없는 퇴장을 그녀는 스스럼없이 선택한 듯했다.

3

 암흑 속에서 쿵쿵대는 소리가 어렴풋이 들렸다. 콧구멍으로 거친 숨을 띄엄띄엄 내쉴 때 나는 소리, 이윽고 들려오는 달카닥거리는 소리. 마치 성난 방울뱀이 꼬리를 가볍게 흔들어 세상에 통보 신호를 보내는 듯했다. 이번엔 씩씩거리는 소리였다. 억지로 콧구멍을 크게 열어 공기를 홍 날려 보내는, 노기를 잔뜩 띤 소리 말이다.

 크르릉. 크르릉.

 심장을 두드리는 잡음이 내 주변을 빙빙 돌았다. 느리고 무겁게. 나는 게슴츠레 눈을 떴다. 검은 암흑이 걷히고 새하얀 세계가 풀린 내 동공을 들추고 들어왔다. 그때였다. 빠드득 깨지는 소리가 내 두개골을 울렸다. 억센 이빨로 딱딱한 것을 으스러뜨리고는 들입다 짓뭉개는 듯한 느낌이었다.

나는 알아차렸다. 흰 털가죽을 덮어쓴 괴물의 입 안에서 내 골통이 조각조각 바스러지고 있는 중이라고.

쿠르릉. 쿠르릉.

지붕을 짓누르는 무거운 소리가 맹수의 사나운 울부짖음처럼 다가왔다. 나는 천둥소리에 놀라 잠에서 깨어났다.

아… 씨. 꿈이었어.

나는 고개를 돌렸다. 나오미는 등을 진 채 옆으로 누워 자고 있었다. 새근거리는 그녀의 가녀린 숨소리가 규칙적으로 들려왔다. 젖혀진 눈꺼풀 틈으로 하얀 그늘이 어른거렸다.

길게 드리워진 커튼처럼 흐물거리는 모호한 형체.
바람에 날리듯 나불나불하게 움직이는 '그것'.

헉! 여길 어떻게!

'그것'의 정체는 엘렉트라였다. 나는 얼른 몸을 일으켜 침대에 앉았다. 허겁지겁 나오미를 다시 확인했다. 색색거리는 숨소리가 여전했다. 역시 깊은 잠에 빠져 있는 중이었다.

행여나 나오미가 깰까 안절부절못하는 나의 심정을 아는지 모르는지, 엘렉트라는 골반을 좌우로 살랑거리며 침대 옆으로 스르르 다가왔다. 그녀의 푸른 눈동자가 어스레한 침실의 기류를 헤치고 밝은 빛을 발했다. 부드러운 실크로 만들어진 하얀 슬립 드레스가 그녀의 어깨에 걸쳐진 가느다란 끈에 매달린 채 하늘거렸다. 둥근 가슴 가운데 볼록 솟은 유두가 드레스 위로 유난히 도드라졌다. 엘렉트라는 해초처럼 나풀거리는 은발에 가까운 긴 금빛 머리카락을 손가락으로 몇 번 쓸어내리더니 왼손을 내밀었다. 조금만 늦었더라면 나는 이미 엘렉트라의 허리를 팔로 감아 안았을 것이다.

삽아 날라는 사인이겠지?
잡자마자 끌어당겨 그대로 침대에 눕힐까?

그녀의 손을 처음 잡았던 기억이 떠올랐다.

중력이 없는 것만 같던 느낌.
얼굴 주위로 발광하던 신비한 빛.

만약 달에 가면 그런 기분일까?

나는 엘렉트라의 손을 덥석 잡았다.

나는 눈만 깜빡깜빡거렸다. 침대가 사라졌다. 창문도, 창가 앞에 놓인 안락의자도, 천장 선풍기도, 나오미도, 모두 사라졌다. 순식간에 침실 자체가 송두리째 없어져 버린 것이다. 나는 엘렉트라의 손을 잡은 채 한동안 멍해 있었다. 그러자 수만, 아니 수억만 개의 아주 작은 물방울들이 부연 안개 형태를 이룬 상태로 내 시야를 휘감았다. 희 부연한 안개의 모양과 농도가 시시각각 바뀌었다. 물방울들은 리듬을 타는 것처럼 그 크기가 커졌다 작아졌다 했을 뿐만 아니라, 그 움직임에도 어떤 규칙적 패턴이 있는 것 같았다. 마치 수없이 많은 물방울로 구성된 거대한 유기체가 지배하는 지역에 도달한 느낌이었다. 나는 내가 서 있는 공간이 실내인지, 실외인지 조차 가늠하기 힘들었다.

아직도 꿈을 꾸는 건가?
괴물 꿈에 이어서 두 번째 꿈을
연달아 꾸고 있는 중일지도 몰라.
그래, 이건 꿈이야!

엘렉트라는 잡고 있던 나의 손을 가만히 놓았다.

"저스틴, 쿤라인 스카윅베르키완 아베고키하인스 비르디."

그녀의 입에서 알 수 없는 언어가 흘러나왔다.

'저스틴, 당신은 꿈을 꾸고 있는 게 아니에요.'

나는 신기하게도 그 뜻을 즉각 알아 들었다. 번역기나 통역사 없이도 이 괴상한 언어를 단번에 이해할 수 있었다.

말이 안 되잖아.
이런데도 꿈이 아니라고?

"에후킨 코비호타나."

'누려워 말고 날 따라오세요.'

엘렉트라는 물방울 안개를 뚫고 앞으로 걸어 나갔다. 머뭇거리던 나는 발에 힘을 주어 한 발짝씩 조심스럽게 옮겼다. 한 발 한 발 내딛을 때마다 놀라운 느낌이 사지를 관통했다. '솜털 같다'는 수식어는 턱없이 부족했다. 흔히 말하는 '구름 위를 걷는 기분'이 바로 이런 느낌이 아닐까. 엘렉트라의 뒤를 따라 안갯길을 통과하자 긴 계단이 나타났다. 엘렉트라는 뒤를 살짝 돌아보았다. 불안감으로 그늘진 내 얼굴을 잠시 응시하던 그녀는 "루아크니쉰 아르케다." 하고 말했다.

저 계단 끝에 내 방이 있다고?
무슨 말을 하는 거야?

하지만 나는 계단을 오르기로 맘먹었다. 그 '방'에 도착하면 이 지루한 꿈에서 깨어날 수 있을지도 모른다는 생각이 들었기 때문이었다. 나는 어느덧 계단 끝에서 날 기다리고 있는 엘렉트라를 바라보았다.

"사오 카르위스위 아이코만스차. 카인라이샤."

'내가 주는 선물이에요. 올라와요.'

계단은 매우 좁고 급경사를 이루고 있었다. 나는 용기를 내어 첫 번째 층계 위에 양발을 차례로 디디고 섰다. 그러자 마치 에스컬레이터를 탄 것처럼 디딤판이 자동적으로 움직이더니 삽시에 꼭대기까지 올라갔다.

"아웨이라크 이슈카?"

'준비되었나요?'

엘렉트라의 물음에 나도 모르게 고개를 끄덕였다. '예스'와 '노'가 반으로 나뉘어 방향을 종잡지 못하는 사이에 예스가 더 민첩하게 대응했다. 의사 표시와 동시에 뭉게구름 같은 형체가 피어오르더니 정사각형의 구멍이 생겨났다. 입구인 것 같았다. 엘렉트라는 따라오라는 제스처를 취하더니 유유히 그 안으로 들어갔다.

입구를 통과하자 사면이 흰색인 통로가 나타났다. 솜덩이를 길게 연결시켜 놓은 듯한 천장과 바닥이 보였다. 양쪽 벽에서는 스팀이 뿜어져 나왔다. 시야를 뿌옇게 덮는 증기였지만 아무 냄새도 나지 않았을 뿐만 아니라, 온도 또한 감지할 수 없었다. 통로 끝에 다다르자 또 다른 하얀 세계가 나를 기다리고 있었다.

"쿤라스 아르케샤크완."

'당신의 방이에요.'

엘렉트라는 나에게 먼저 안으로 들어가라는 손짓을 했다.

물결이 치는 듯한 내부 구조를 이루는 부드럽게 굽은 선.

곡선의 아름다움을 강조한 가우디의 건축 양식과도 흡사했다. 천장, 바닥, 벽은 물론이고 방 안을 구성하는 모든 것이 동일한 재질로 보였다. 티 한 점 없는 새하얀 대리석처럼 보이는 반질반질한 물질은 눈이 부실 정도의 광택이 흘렀다. 이제까지 부드럽고 푸근한 느낌이었다면, 이번에는 매끈하고 단단한 느낌이었다. 생전 처음 보는 광경에 할 말을 잃은 나는 엘렉트라의 얼굴만 물끄러미 쳐다보았다.

"쿤란오 로가이킨 워디와다이. 크뢰와가누."

'당신을 기다리는 사람이 있어요. 어서 들어가요.'

나는 방 안으로 천천히 걸어 들어갔다. 정가운데에 놓인 타원형 테이블이 보였다. 고광택으로 처리된 테이블의 겉표면은 번쩍번쩍 빛이 날 정도였다. 나는 테이블을 손으로 만져보았다. 이상하게도 아무런 느낌도 나지 않았다. 그냥 허공에 대고 손을 움직이는 것만 같았다. 테이블 건너편에는 반투명의 달걀형 물체 두 개가 나란히 세워져 있었다. 최소 8피트 높이로 보이는 달걀형 물체는 금빛, 은빛, 초록빛, 붉은빛이 불규칙적으로 감돌았다. 나는 달걀형 물체에서 발광하는 빛의 움직임을 관찰했다. 두 물체는 마치 빛으로 대화라도 나누는 것만 같았다.

주고받던 이야기가 드디어 끝났던가. 왼쪽 것은 붉은빛에서, 오른쪽 것은 금빛에서 그 화려한 쇼를 멈추었다. 이윽고 달걀형 물체는 그 형태를 무너뜨리더니 형체 없는 빛으로 바뀌었다. 각각의 붉은빛과 금빛은 다각도로 굴절을 일으키며 퍼지기 시작했다. 이리저리 휘어져 꺾인 빛 사이로 사람과 같은 형상이 아물아물하게 비쳤다. 빛을 헤치고 나온 두 사람의 형상이 곧 뚜렷해졌다. 정말 아주 짧은 동안이었다.

당신이야?
날 기다린다던 사람이?

엘렉트라였다. 그녀 옆에는 이목구비가 불확실한 얼굴을 가진 남자가 우뚝 서 있었다. 나는 무슨 말이라도 하고 싶었지만 좀처럼 입이 벌려지지 않았다.

"사와 쿤라스 이라쿠신 오쉬나환 세바이크리."

대관식 예복을 연상시키는 흰색 가운을 입은 남자는 자신을 도서관 사서라고 소개했다. 그것도 '나의 도서관'을 관리하는 사서라고. 그의 말이 떨어지기가 무섭게 사방의 벽에 파도가 일렁이기 시작했다. 출렁대는 벽 사이로 가지런하게 꽂혀 있는 하얀 겉표지의 책들이 드러났다. 왼쪽 벽 방향으로 걸어가던 사서는 빼빼이 줄지어 세워진 책들 중 하나를 꺼냈다. 웬만한 사진 앨범 네 권 정도를 합친 크기의 책은 상당히 크고 두꺼웠다.

"사와 로시나긴 크미트와니안 쿤라스 오이마 아시가 우카긴 수히타크오우친. 아휘쉬환 이세취로 쿤라스 아키루쉬."

'나는 이곳에서 당신의 과거와 현재, 그리고 미래의 기록을 정리하고 있습니다. 이것은 기원전 1억 6671만 년 당신의 기록입니다.'

나는 순간 내 귀를 의심했다. 기원전 1억 6671만 년이란, 듣지도 보지도 못했던 인류 역사였다.

저스틴: 기원전 1억 6671만 년에 내가 살았다고요?

사서: 물론입니다.

신기했다. 분명 아무 말도 하지 않았는데 사서와 소통이 가능했다. 그것도 아주 쉽게 말이다. 사서는 테이블 위에 올려놓은 커다란 책을 활짝 열었다. 어느 부분이 '나의 기원전 1억 6671만 년'의 도입부인지 잘 알고 있는 것 같았다. 책이 펼쳐지자 방은 일순간 설경으로 바뀌었다. 굵은 눈발이 흩날리고 강풍이 몰아치는 장면이 생생하게 등장했다. 이상한 점은 눈으로 보이는 요동치는 바람이 전혀 느껴지지 않았다는 것이었다. 그제야 사서와 엘렉트라의 머리카락이 단 한 올도 날리지 않는 것을 깨달았다. 나는 손을 뻗어 어지럽게 춤을 추는 눈을 만져보았다. 역시 아무것도 손에 잡히지 않았다. 마치 VR 게임 속 가상현실 세계에 가 있는 느낌이었다.

몰아치는 눈보라 틈으로 초록 불빛이 나타났다. 나는 불빛을 향해 걸어갔다. 은색 직물을 담요처럼 덮고 있는 두 사람이 보였다. 그들이 몸에 두르고 있는 인공 섬유는 알루미늄 포일과 그 외형이 비슷했으나 훨씬 얇고 야들야들했다. 마치 실크처럼 느껴질 정도였다. 둘은 참치 캔 모양의 금속 용기 안에서 타오르는 담녹색 불꽃만 응시한 채 아무 말 없이 몸을 작게 움츠리고 앉아 있었다. 테니스 공과 흡사한 모양과 크기의 발광체는 상당히 밝아서 그들의 얼굴을 환하게 밝혔다.

다갈색의 머리털.

아몬드 모양의 커다란 보랏빛 눈.

샐러드 그릇을 거꾸로 엎어 놓은 듯한 헤어스타일.

그들의 피부는 회색빛이었으며, 남녀 성별의 구분이 모호한 특이한 외형을 가지고 있었다. 아마 조명 때문일지도 모를 일이었다.

사서: 기원전 1억 6671만 년 수마나쿤, 바로 당신의 모습입니다.

저스틴: 수마나쿤?

사서: 당신의 약 십만 번의 삶 중 한 부분이었던 이 인생에서 당신은 수마나쿤이라 불리었습니다.

저스틴: 십만 번의 삶이라고 했나요? 설마 불교에서 말하는 환생을 이야기하려는 건 아니겠죠?

사서: 맞습니다. 저스틴 브라우닝으로 살고 있는 현재의 생은 정확히 114,507번째 환생입니다.

나는 쌍둥이처럼 똑같은 외모를 가진 두 사람을 번갈아 쳐다보았다.

사서: 오른쪽이 당신입니다. 이미 알고 있지 않았습니까.

사서의 말이 맞았다. 팔다리를 바싹 오므리고 있는 오른쪽 사람이 '나'였다. 나는 둘의 모습을 본 순간 한눈에 알아차렸다. 설명도 필요 없었다. 그냥 알았으니까. 왼쪽 사람은 내 비행 파트너였다. 그는 상당 시간 나와 함께 조종 훈련을 받았으며, 많은 작전에 같이 투입되었다.

저스틴: 카일 앤더슨? 말도 안 돼.

사서: 알아보시는군요.

카일은 지속적으로 연락을 유지하는 고등학교 동창 중 하나였다. 그는 학교 축구부에서 3년 동안 나와 함께 뛴 팀 동료이자, 친구였다. 5년 전, 텍사스 오스틴으로 이주한 이후로 연락이 뜸해지긴 했지만. 그래도 여전히 서로 살고 있는 모습을 종종 확인하는 편이었다. 그래 봤자 페이스북에 포스팅된 사진에 댓글을 달거나, 생일 때마다 축하 메시지를 남기는 것이 전부였지만 말이다.

라키쉰.
카일의 기원전 1억 6671만 년 전 이름.
이 녀석과 나의 직업은 군인이었어.
요즘으로 치면 대령에 준하는 계급이었지.

화성에 촉발한 군사적 위기를 감시하기 위해
정찰을 나갔던 우리…….
라키쉰이 걸어온 어리석은 내기에 동참한 수마나쿤,
그래…… 바로 나.
암튼 우리는 가까운 지구라는 행성에 가 보기로 했지.
살짝 구경만 하고 오는 것이 우리의 의도였는데……
아둔하게도 중력 계산을 제대로 하지 않았던 거야.
화성보다 중력의 세기가 훨씬 강한 지구 대기권에
진입하자마자 기체에 문제가 생기고 말았어.
라키쉰의 말을 듣는 것이 아니었어.
결국 계곡 아래로 추락했고……
우리는 다 부수어진 비행체에서 겨우 빠져나왔지.
문제는 라키쉰이야.
탈출하면서 비상 장비를 챙기는 것을 잊은 거야.
할 수 없이 내 비상 장비를 공유하게 되었어.
1인용을 2인이 나눠 쓸 수밖에 없는 상황에 처하고 말았지.
하루가 지나고, 이틀이 지나고, 그러다 일주일이 지나고……
나는 날이 갈수록 핼쑥해졌어.
하지만 신기하게도 녀석은
원래 모습을 유지하고 있다는 걸 느낄 수 있었어.
이상하다. 뭐가 한참 잘못되었다.
아니나 다를까.
녀석은 몰래 내 비상식량을 불공평한 비율로

배분하고 있었던 거야.

그래서 나는 얼마 안 가서 심각한 기아와 탈수증으로

극심한 고통에 시달리게 되지.

차라리 죽는 게 낫다는 생각이 들었다니까.

그런데 어떻게 되었는지 알아?

그런 눈물겨운 노력에도 불구하고 녀석은 죽고 말아.

공룡의 공격으로 사지가 갈기갈기 찢기는

최후를 맞이하고 말지.

나는 공룡이 남긴 라키쉰의 뜯긴 살점들을 모아

간신히 목숨을 연명할 수 있었어.

그래 봤자 녀석보다 지구 시간으로

꼴랑 13일 더 살았을 뿐이지만.

나는 신기했다. 생김새도, 언어도 완전히 다른 두 사람의 모습을 관찰함과 동시에 모든 정보가 여과 없이 뇌로, 아니 온몸을 통해 흡수되는 듯한 느낌을 받았다.

저스틴: 나에게 무슨 일이 생긴 겁니까?

사서: 당신의 또 다른 눈을 통해 당신의 먼 과거 중 한 일부분을 본 것뿐입니다.

저스틴: 그게 아니라… 화성이니, 지구 방문이니……. 그럼 내가 외계인 출신이었단 말인가요?

엘렉트라: 저스틴, 당신이 외계인이든, 지구인이든 전혀 중요치 않아요. 그건 다음 기회에 충분히 설명하죠. 약속할게요. 여기서 짚고 넘어가야 할 것은 당신과 라키쉰의 학습 과정이 1억 6천만 년이나 넘게 계속 이어지고 있다는 거예요. 이젠 그 따분한 공부를 마칠 때가 되었어요.

저스틴: 학습이라뇨? 무슨 공부를 말하는 겁니까?

엘렉트라: 인생 공부라고 해 두죠. 당신과 라키쉰은 반복되는 환생을 거듭하면서 서로의 행동을 통해 깨달음을 얻는 방식으로 각자의 영혼을 풍성하게 만드는 과정에 있어요. 일종의 역할놀이라고나 할까요? 계획대로라면 이번엔 라키쉰 차례인데, 오히려 당신이 라키쉰에게 빚을 지게 될 거예요. 간단하게 말하자면, 역할놀이에 차질이 생기는 것이라고 설명할게요. 그래서 당신이 매듭을 지어야 해요. 내가 온 이유 중 하나이기도 하죠.

나는 피식 웃고 말았다. 잠시나마 '꿈이 아니야!' 하고 착각한 나 자신이 한심스러웠다. 이 해괴망측한 꿈에서 어서 빨리 깨어나야만 했다.

나는 손바닥으로 오른뺨을 철썩 내리쳤다. 아무 변화도 느껴지지 않았다. 다만 사서와 엘렉트라의 움직임 없는 시선만이 따갑게 다가올 뿐이었다.

깨어나, 바보 같은 자식아!

나는 연거푸 더 세게 뺨을 후려쳤다. 곧이어 양쪽 뺨이 얼얼해졌다. '꿈이 아니면 어쩌지?' 하는 걱정이 몰려 닥쳤다. 사서는 테이블 위에 펼쳐져 있던 책을 닫았다. 그러자 눈바람 치는 얼음 왕국은 사라지고 본래 '나의 도서관'으로 돌아왔다. 사서는 책을 옆구리에 끼고는 원래 꽂혀 있던 벽을 향해 발걸음을 옮겼다. 뭔가 끝나는 분위기였다.

"와하유리 메후킨수핀."

'오늘은 이 정도로 하죠.'

엘렉트라가 내 손을 잡으며 말했다.

─

벨벳처럼 부드러운 그녀의 손길.
은은한 그녀의 향기.

나는 깨고 싶지 않은 황홀감을 겨우 억누르며 눈을 천천히 떴다. 침대에 누워있다 오뚝이처럼 일어나 앉은 자세 그대로였다. 홀연히 침실로 찾아든 엘렉트라를 발견하고는 깜짝 놀라 취한 바로 그 동작 말이다. 늘어진 커튼 틈으로 스며들어 오는 새벽빛이 보였다.

창문,
안락의자,
천장 선풍기…….

어느덧 침실로 돌아와 있었다. 생크림 같은 하얀 빛으로 만시드르한 도서관이 아니었다. 나오미와 누워 자고 사랑을 나누는 우리의 침실이었다.

거 봐!
이 자식아 이번에도 꿈이잖아! 꿈!!

나는 이마 위로 쏟아져 내리는 머리카락을 뒤로 넘겼다. 정신을 차려야만 했다. 아주 기괴한 꿈같기도 하고, 현실 속에 존재하는 비현실적 세계 같기도 했다.
나는 이 말도 안 되는 경험을 정의할 수 있는 표현을 찾아보려고 머리를 열심히 굴려 봤지만 결론은 '모르겠다.'였다.

"벌써 일어났어…?"

아직 잠에서 덜 깬 나오미가 눈을 감은 채 중얼거렸다. 그녀는 내 허벅지를 어루만지며 이불 안으로 들어오라고 종용했다.

그래.
도서관이고,
사서고,
기원전 1억 6671만 년이고,
라키쉰이고!

다 잊고 싶었다. 악몽의 잔해처럼 떠도는 시각적, 청각적 기억을 삭제하고 싶었다. 나의 정신을 다른 세계로 이동시켜야 했다. 나는 이불속으로 몸을 집어넣었다. 나의 억센 팔이 나오미의 허리를 감싸 안은 채 그녀의 육체를 내 안에 단단히 가두었다. 가볍게 신음하는 그녀 위로 쓰러진 나는 절정을 향해 달려갔다. 아주 빠르게.

기원전 1억 6671만 년.

머리뼈 안에서 화려한 불꽃놀이가 벌어지고 있었지만, 마음 한 구석에 깊게 새겨진 '나의 기록'은 지워지기는커녕 오히려 더 또렷해졌다.

라키쉰과 수마나쿤.

카일과 나.

minnim

Mr. Browning

A CIRCLE OF FRIENDS

교우 관계

minnim

1

나는 일주일째 작업실에 틀어박혀 있었다. Z 뉴스 네트워크와 미팅 이후, 먹고 자는 시간을 제외하고는 하루의 대부분을 작업실에서 보냈다.

앤디는 새로 취임한 사장을 들먹거리며 이번 프로젝트를 유수의 크리에이티브 에이전시가 맡을 가능성에 대해 귀띔했다. 귀가 번쩍 뜨일 정도로 독창적일 뿐만 아니라, 싼 가격표를 붙이는 것도 잊지 말라는 충고도 함께.

**이렇게 죽도록 노동해서 갖다 바쳐도,
이 프로젝트는 딴 놈이 먹을 수도 있다는 말 아니야?
풀서비스라는 막강한 조건 하에…….**

뉴욕 바닥에서 마케팅과 광고 시장의 과열 경쟁은 이미 기정사실이었다.

밀레니얼 세대라 불리는 젊은 층들이 브루클린에 우후죽순으로 세운 일명 '부티크 숍'까지 가세한 시세는 나를 '은퇴'라는 위태로운 내리막길로 밀어 넣고 있는 중이었다.

'이번 달 양육비는 어떻게 된 거야?'

사라의 가시 돋친 질문이 작업실 한 구석에서 날아드는 것만 같았다. 암 재발로 투병하던 중 혈관성 치매까지 덮쳐 결국 요양원으로 보내진 어머니의 집에서 살고 있는 처지였다. 이런 형국에 양육비 독촉 전화는 가장 피하고 싶은 1순위였다. 어머니가 생을 마감한 이후 이 집의 운명이 어찌 될지 모를 일이었기 때문이었다. 시가 1 밀리언을 훨씬 웃도는 이 저택이 제발 코네티컷주 정부에 넘어가지 않기만을 간절히 기도할 뿐이었다.

**Z 뉴스 네트워크 프로젝트도 물 건너가고,
나중에 이 집도 뺏기게 되면 어떻게 되는 거지?**

나는 걱정을 안 할 수가 없었다. 슬금슬금 밀물처럼 차오르는 빚과 경제적 압박에서 벗어날 방법을 빠른 시일 내 연구해 보아야 했다.

"가상화폐?"

나는 저녁 식사 도중 나오미가 꺼낸 화두에 귀가 솔깃해졌다. 한때 전염병처럼 창궐해 온 세계를 휩쓸고 지나간 가상화폐가 아니던가. 소멸한 줄만 알았는데 그새 부활이라도 했단 말인가.

"오늘 만난 젊은 예비부부한테 들었어. 그들은 가상화폐 투자로 번 돈으로 결혼식과 신혼여행 비용은 물론이고, 새 자동차까지 뽑을 거라고 우쭐대기까지 하던 걸?"

나오미는 호기심과 무관심이 반반씩 섞인 투로 말했다.

"나도 늘어서 익히 아는네…… 중잉 관리 기괸도 없고, 그'상 온라인에서 떠돌아다니는 코드를 화폐로 인정한다는 건…… 아직은 아닌 것 같아."

나는 괜스레 아는 척을 했다. 사실 속으로 무척 궁금했다. 나오미가 만난 예비부부의 신통방통한 기술이 알고 싶어 답답할 정도였다.

남들 성공 사례에 휩쓸려서
저런 얄팍한 물건에 투자했다가 실패하면,
그때는 정말 끝이야.
그래도 돈을 벌려면 뭔가는 해야 할 텐데.
부동산은 너무 느리고…….

느닷없이 공화당이 집권할 때마다 주식이 큰 폭으로 오르던 그래프가 머릿속에 그려졌다. '머저리 집단'이라고 선거 때마다 분통을 터뜨렸지만, 내 지갑이 두둑해지는 기간만큼은 별 군말 없이 살았던 것 같기도 했다.

주식 투자로 승부하는 것도 나쁘지 않아.
미래를 점 칠 수만 있다면. 미래?

과거는 말할 것도 없고, 미래의 기록까지 보관 중인 도서관이 떠올랐다. 그러고 보니 엘렉트라의 아름다운 육체를 감상한 지도 일주일이 넘었다.

떨떨한 놈!
꿈이라고 결론 내렸었잖아.
그런데 지금 와서 아닐지도 모른다고?
정신 차리고 잘 들어.
난 저스틴 브라우닝이야.
수마나쿤 따윈 없어!

"저스틴, 음식이 다 식잖아. 혹시 관심 있어?"

나오미는 식사 테이블 앞에서 가상화폐를 대화 주제로 꺼낸 것을 조금 후회하는 눈치였다.

"아냐, 관심은……. 잠깐 작업 중인 프로젝트 생각을 했어. 미안. 오늘 닭고기가 잘 구워졌는데!"

나는 입안에서 짓이겨지고 있는 고기 살점의 맛도 모른 채 둘러댔다. 나 자신이 우습고 꼴사납게 느껴졌다. 현실과 꿈의 구분도 제대로 못하고 있는 나의 어그러진 심리 상태가 안타까웠다. 아울러 세상에 수두룩하게 벌어지는 신비로운 현상들에 관한 잡생각이 바쁜 개미 행렬처럼 줄줄이 이어졌다.

**고대 세계의 7대 불가사의는
아직까지 풀리지 않은 수수께끼로 알려져 있잖아.
빅풋이나 네스호 괴물의 정체조차
파악하지 못하는 게 현실 아냐?
수천 명이 목격한 UFO의 존재도
제대로 밝히지 못하는 마당에.
그러고 보니 참 신기한 곳이 많기도 하네.
51구역, 버뮤다 삼각지, 게티즈버그 전투지,
오레곤 볼텍스, 애리조나 미신 산…….**

다큐멘터리 프로그램에서 소개된 '지구 상에서 가장 이상한 지역들'까지 연달아 쏟아져 나왔다.

마치 머리 한편에 얌전히 자리 잡고 있던 괴짜스런 녀석이 '꿈이 아니라 단지 이해하기 힘든 현실 속 공간'이라는 반박 논리를 열렬히 펼치고 있는 것만 같았다. 주머니 안에서 울리는 진동음이 괴짜의 열띤 반론을 정지시키기 전까지.

"헤이, 어떻게 지내?"

카일이었다. 나는 오랜만에 들려오는 친근한 목소리에 반갑게 인사했다. 카일은 한 달 후쯤 웨스트포트로 돌아올 계획이라는 소식을 전했다. 가족, 친구들과 멀리 떨어진 오스틴 생활이 외롭고 적적했다는 고백도 덧붙였다.

"다시 온다니 너무 기쁘다, 친구야!"

지극히 일상적인 질문과 답이 몇 번 오고 갔다.

"도착하는 대로 바로 연락하라고!"

나는 오라일리 맥주집에서 떠들썩하게 웃고 떠들자는 카일의 제안을 받아들이는 것을 끝으로 작별 인사를 건넸다. 그러나 전화를 끊자마자 라키쉰의 작은 입이 "나야 나. 내가 카일이야." 하고 오물거리는 모습이 어김없이 뇌리에 출현했다.

그냥 우연이 아니라면?
이미 짜인 각본이라면 어떻게 되는 거지?

거울에 비친 수마나쿤의 모습처럼,
수마나쿤의 클론처럼,
수마나쿤을 쏙 빼닮았던 존재,
라키쉰.

꿈이라고 믿었던 경험이 생각하면 할수록 더욱더 강렬해지는 것을 느꼈다. 피할수록 더 가까이 다가온다는 말을 이제야 실감했다.

"저녁 맛있었어. 그릇은 내가 씻을게."

나는 다정한 말 한마디로 나오미의 시무룩한 시선과 맞바꾸려 했다. 그녀가 귀찮은 게 아니었다. 속히 뒤숭숭한 생각을 끝맺고 싶었다. 그것이 충격적 결말이라 할지라도.

각본이 있다면…… 누가, 어떻게 쓰는 걸까?
그런데, 쓰는 건 그렇다 치고
내가 왜 각본대로 움직여야 하는 거지?

다이닝룸에서 나와 주방으로 들어가던 나는 하마터면 들고 있던 접시들을 와장창 깨 먹을 뻔했다.

"엘렉트라, 여긴 어떻게!"

부엌 조리대 위에 천연덕스럽게 앉아 있는 엘렉트라를 발견한 나는 화들짝 놀라 낮은 소리로 캐물었다.

"당신의 궁금증을 풀어 주어야 할 것 같아서 왔어요. 이번엔 각본인가요?"
"지금은 안돼요. 당장 나가요!"

나는 리빙룸 방향으로 곁눈질을 하며 으르렁댔다.

'허니, 밀린 '아웃랜더' 에피소드나 보려고 하는데. 같이 볼래요? 기다릴게.'

이미 누운 자세로 소파를 점령한 나오미의 목소리가 들렸다.

"아, 아냐. 먼저 봐. 난 그릇들을 마저 씻을게."

'그래, 그럼.'

이윽고 '두둥' 하고 울리는 넷플릭스의 유명한 소닉 브랜딩 사운드가 들렸다. 나오미의 티브이(TV) 시청의 시작을 알리는 북소리였다.

"1억 6천만 년 전의 기억을 되살린 기분이 어떤가요?"
"아니, 이렇게 계속 불쑥불쑥 찾아오면······."

나는 여전히 조마조마한 기분을 떨쳐내지 못하고 따지듯 말했다.

"약 10분 후 니오미는 잠이 들어요. 정 불편하면 10분 후에 다시 올까요?"

나는 엘렉트라의 뻔뻔스럽기까지 한 당당함에 말문을 잇지 못했다. 우선 더러운 접시나 닦으며 쿵쾅거리는 가슴을 진정시키는 것이 좋을 듯싶었다.

나는 식기 세척기의 버튼을 눌렀다. 물이 흘러 들어가는 소리가 멈추자 기계는 곧장 투박한 소음을 내기 시작했다. 구입한 지 최소한 15년은 되어 보이는 어머니의 구닥다리 식기 세척기가 우렁차게 울어댔다. 갈피를 잡을 수 없는 내 심경을 대변이라도 하는 듯했다. 티브이 소리는 아예 들리지도 않을 정도로 말이다. '이 정도로 시끄러웠나?' 하고 의아스러울 지경이었다.

"골라요."

엘렉트라는 종이 한 장을 불쑥 앞으로 내밀었다.

"뭡니까, 이게?"

나는 축축한 손을 바지에 대충 닦으며 종이를 건네받았다. 종이에는 도표처럼 보이는 그림이 그려져 있었다. 나는 더 자세히 들여다보았다.

가운데에 그려진 원을 중심으로 여러 개의 원들이 둥그렇게 놓인 모양.

마치 태양계를 그려 넣은 것만 같았다. 태양을 중심으로 도는 행성처럼 다수의 원들은 그 크기도, 중심에서 떨어진 거리도 각각 달랐다. 나는 행성의 수를 세어보았다. 총 여덟 개였다. 마치 소행성 같이 보이는 작은 원들은 행성 바깥쪽으로 궤도를 그리고 있었다. 재미있게도 행성 주변을 도는 소수의 위성도 보였다.

"초등학교 1학년 과정인 모델링 수업이라도 하자는 겁니까?"

엘렉트라는 대답은 하지 않고 돋보기안경을 손에 쥐어 주었다.

나는 "이건 또 어디서 찾은 건지." 하고 속으로 웅얼거리며 안경을 코 위에 얹었다. 행성과 소행성, 그리고 위성 옆에 표기된 깨알처럼 작은 글씨가 렌즈 반대편에 나타났다.

이름?
내가 아는 사람들의 이름인데?

"자, 이제 누구부터 시작할까요?"

엘렉트라는 약간 채근하는 투로 물었다. 그녀의 희멀건 안색이 오늘따라 유난히 핏기 없이 창백했다. 분명히 무표정한 얼굴이지만, 내 눈에는 왠지 그녀가 히죽대며 콧노래를 부르는 것처럼 느껴졌다.

"시작?"
"실망이군요. 당신은 상당히 머리가 좋은 사람이에요. 그런데 왜 같은 질문을 반복하는 거죠? 좋아요. 다시 설명하죠. 라키쉰은 현재 당신의 베스트 프렌드로 설정되어 있어요. 그 부분은 이미 이해하고 있다고 믿어요."

설정이라. 그렇다. 엘렉트라는 설정이라고 방금 말했다.

"당신을 둘러싼 사람들을 죽 훑어보기 바라요. 거기엔 당신의 부모님도 있고, 전 부인과 아들, 그리고 여자 친구까지 포함되어 있어요. 이유가 뭘까요?"

엘렉트라는 눈을 크게 뜨며 물었다. 그녀의 빨려 들어갈 듯한 커다란 눈은 공포스럽기까지 했다.

"나의 과거와 어떤 관련이 있는……?"
"정답."

엘렉트라는 어느새 코앞에 바싹 다가와 섰다. 그녀의 볼록 솟은 유두가 내 가슴팍에 닿을 듯 말 듯 장난을 쳤다.

"선택해요."

엘렉트라가 내 어깨를 잡으며 간지럽게 속삭였다.

"사라……."

나도 모르는 사이에 그 지긋지긋한 이름이 입술 틈으로 흘러나왔다.

사서는 책이 올려져 있는 테이블 뒤에 서서 나를 정면으로 바라보았다. 내가 오기만을 기다리고 있는 듯했다.

사서: 1576년 3월 11일 기록입니다.

저스틴: 아직 열지 말아요!

엘렉트라: 무슨 일이죠, 저스틴?

저스틴: 진짜 사라와 관련된 기록인가요?

엘렉트라: 물론이죠. 겁내지 말아요. 아주아주 오래전에 지나간 과거일 뿐이니까.

과거. 오래전에 지나간 과거.
그런데 이들은 왜 그런 과거를
자꾸만 들추어 보게 만드는 것일까?
현재 상황에만 맞추어서 살기도 힘든 마당에.

엘렉트라: 과거를 재조명함으로써 현재 당신의 모습을 쉽게 이해할 수 있게 하기 위해서죠.

공상 과학 영화에서나 보던 '텔레파시'라는 신기한 현상이 아무렇지도 않게 일어나고 있었다. 특히 엘렉트라와 사서는 독심술까지 갖고 있는 것만 같았다. 한마디로 무심코 떠오른 작은 생각조차 이들 앞에선 숨길 수가 없었다.

사서: 1576년 3월 11일 기록을 공개하겠습니다.

사서는 지체 없이 책을 열었다. 책이 펼쳐지자마자 주변은 전등 스위치를 내린 것처럼 순식간에 어둑어둑해졌다. 촛대 위에서 벌룽거리는 황초 불빛이 어둠을 겨우 밝혔다. 침침한 그늘 속에서 작은 형체들이 언뜻언뜻 나타나기 시작했다. 달달한 약초향이 진동했다. 거친 나무판을 붙여 만든 바닥 위에는 골풀과 갈대가 카펫처럼 두텁게 깔려 있었다. 나무로 만든 긴 의자 위에 앉아 있는 여자가 보였다. 헝클어진 옅은 갈색 머리카락이 큼직한 감자 자루처럼 보이는 잠옷 위로 풀어헤쳐져 있었다. 반쯤 드러난 얼굴 위로 오렌지색 불빛과 짙은 그림자가 너울댔다.

피가 맺힌 채 퉁퉁 부어오른 입술.
눈 주위를 감도는 반달 모양의 푸르스름한 멍자국.

아그네스…….

사서: 정확히 기억하고 있습니다. 아그네스 프라이싱톤. 오스원 프라이싱톤의 부인이자, 몰드 블랙맨의 셋째 딸입니다.

저스틴: 오스원 브라이스 프라이싱톤. 또 다른 나인 가요?

엘렉트라: 풀네임까지 의식 속에 간직하고 있군요. 게다가 즉각 알아차리고 수긍하는 태도, 훌륭해요.

오스원은 엘리자베스 여왕 1세가 집권하던 튜더 왕조 시대 사람이었다. 그는 귀족도 아니고, 그렇다고 가난한 농부나 노동자도 아닌 중간 계층으로 꽤 많은 토지를 소유하고 있는 지주였다. 어릴 적 앓았던 천연두로 인해 그의 얼굴 전체는 곰보 자국으로 뒤덮여 있었다. 흉측한 얼굴 덕에 연애는 고사하고, 마을의 젊은 여자들은 그와 눈 맞춤마저 꺼려했다. 소작인 블랙맨의 딸 아그네스가 그를 향해 미소 지은 유일한 사람이었다. 오스원의 기억으론 그의 부모조차 항상 차가운 표정으로 그를 대했다. 그의 어머니 마벨은 아들이 흉하게 얽은 얼굴을 볼까 봐 당시 부의 상징이었던 유리창과 거울은 물론이고, 은 식기류조차 일체 집안에 들이지 않았다. 그녀의 굳은 얼굴빛이 가장 생생한 거울임을 망각한 채 말이다.

아그네스의 미소는 나의 착각이었어.
결혼 후 그녀는 늘 활기 없는 죽상을 하고 있었지.
난 곰곰이 생각했어.

내 기억 속에서 방긋거리던 그녀는 어디로 간 것일까.
그 이후부터 난 그녀의 손짓 하나하나까지
면밀히 관찰하기 시작했지.
답은 아주 쉽게 나왔어.
마구간 청소와 허드렛일을 하는 기번이라는 녀석이 있었는데,
둘은 눈만 마주쳐도 실실 웃곤 하는 거야.
처음엔 기번을 잡아다 족치려고 했지.
그런데 다시 생각해 보니 아니더라고.
기번은 일도 잘하는 데다가, 품삯까지도 싼 좋은 일꾼이었어.
기번을 내쫓는다고 아그네스의 방실방실한 눈웃음이
사라진다는 보장도 없으니 말이야.
홧김에 자른 기번 대신 새로 들어온 녀석과 정분이라도 난다면,
그땐 정말 참지 못할 거 같았거든.
그래서 해결책으로 아그네스에게서 그 천진난만한 웃음을
송두리째 제거해 버리기로 결심했지.
365일 울상인 여자의 모습을 상상할 수 있겠어?
하하하! 오해하지 마.
무작정 그녀에게 손부터 댄 건 아니야.
처음엔 그녀의 얄팍한 자존심을 건드리는 말을
찍찍 뱉는 정도였어.
그런데 결과는 참담한 역효과를 가져오고 말았지.
내게는 걸레처럼 쭈그러뜨린 양미간을 보여 주던 아그네스는
기번만 나타나면 생글거리며 환하게 인사하는 거야.

죽은 동물의 비계 타는 냄새로 찌든 소굴에서
탈출시켜 주었더니, 젠장!
은혜는 모르고 다른 사내놈과 시시덕거리는 부인을
세상 어느 남자가 가만히 둘 수 있겠냐고!

두개골 속을 가득 메우던 모놀로그가 뚝 멈추었다. 마치 장애물을 발견한 운전자가 급 브레크를 밟은 것만 같았다. 이상한 기분이 들었다. 신나게 내달리던 들뜬 감정과 방구석으로 기어들어 가고 싶은 울적한 감정이 얼기설기 교차했다. 서로 다른 성격을 가진 두 사람이 맹렬히 싸우는 것만 같았다.

저스틴: 흥분한 오스윈과 안타까운 나 자신이 다투고 있어요.

엘렉트라: 오스윈을 밀어내지 말아요. 받아들여요. 있는 그대로.

나는 여전히 마음을 정하지 못하고 서성였다. 그러자 엘렉트라는 "모든 것을 그대로 지나가게 하세요." 하고 독려했다. 나는 그녀의 충고를 따르기로 했다.

1576년 3월 11일. 이날도 보통 때와 다름없이 일상적이었다. 적어도 저녁 식사 전까지는.

일을 마치고 오후 늦게 집으로 돌아온 오스윈은 이내 아그네스와 저녁 식사를 했다. 오스윈은 식사 도중 기다렸다는 듯이 그녀의 하루 일과에 대해 묻기 시작했다. 아그네스는 회피하고 싶은지 대강 답했다. 오스윈은 목에 힘을 주었다. 그러고는 "다시 한번 더 묻겠어. 오늘 하루 종일 뭘 했지?" 하고 천천히 물었다. 아그네스는 눈을 내리 깐 채 "별 것 없어요." 하고 침착한 어조로 답했다. 오스윈은 아그네스의 대답이 떨어지기가 무섭게 의자에서 벌떡 일어나 그녀의 머리채를 움켜쥐었다. 슬금슬금 눈치를 보며 자리를 피하는 하녀의 뒤꽁무니를 힐긋대던 아그네스는 "제발 그만하세요." 하고 애원했다. 오스윈은 아그네스의 사정에도 아랑곳하지 않고 2층으로 그녀를 질질 끌고 올라갔다. 오스윈은 침실 문을 열자마자 아그네스를 던지다시피 밀어 넣은 후 비틀거리며 뒷걸음치는 그녀의 얼굴을 주먹으로 연거푸 두 번 강타했다. 두 손으로 얼굴을 감싸 쥔 아그네스는 침대 위로 쓰러졌다. 오스윈은 바로 벽에 걸린 말채찍을 휘어잡고는 아그네스를 향해 휘둘렀다. 작은 흐느낌도 없는 조용한 침실에서는 허공을 가르는 메마른 채찍 소리만 요란하게 들릴 뿐이었다.

신음 소리 하나 내지 않는 지독한 년이었지.
아픔을 즐기는 것 같기도 했어.
한 두세 대 후려갈기고 그만두려고 했는데,
오기가 생기는 거야.
정확히 다섯 대를 더 때리고 다른 고통을 주기로 맘먹었어.

먼저 몸에 걸치고 있던 보디스, 소매, 스커트를
박박 찢어발겼어.
겁을 주고 싶었거든.
입을 옷이 없으면
집 밖으로 덜 싸돌아 다닐 거라는 계산이기도 했어.
속치마를 허리 위로 걷어 올리자 조금 움찔하는 느낌을 받았지.
난 이때다 싶어 뒤에서 그녀를 공격했어.
강하고 거칠게.
그제야 들리더군.
그녀의 싸늘한 비명 소리가·······.

저스틴: 더는 못하겠어요.

엘렉트라: 오스윈의 존재를 허락하세요.

오스윈의 학대가 날이 갈수록 심해지자 아그네스는 그녀의 사촌 메리에게 도움을 요청했다. 사정을 들은 메리는 멀리 도망치는 방법을 제안했다. 둘 중 한 명이 죽지 않는 이상, 이혼할 수 있는 가능성은 상당히 희박했기 때문이었다.

요물 같은 메리는 도망치지 않겠다고 뻗대는 아그네스에게
악마스런 본심을 보여 주었지.

피마자기름에서 추출한 독극물을 아그네스에게 친히 건네며
날 죽여버리라고 사주했거든.
사악한 똥보년!
그날 밤, 매질과 성교로 힘을 뺀 나는
먹다 만 저녁 식사를 마저 하려고 식당으로 내려갔어.
눈치 빠른 하녀 제인은 그새 음식을 데워서
에일과 함께 테이블 위에 올려놓았더라고.
오랜만에 감상하는 칠면조 고기였어.
잠시 의아했지만 덥석 뜯어먹고 말았지.
난 허기진 배를 채워야 했거든.

저스틴: 칠면조 고기가 최후의 만찬이었군요.

엘렉트라: 맞아요. 그날 밤 독살당한 오스윈은 호수에 던져집니다.

저스틴: 아그네스와 메리, 그리고 제인과 기번까지 모두 공범……

엘렉트라: 메리, 제인, 기번. 이 세 사람을 알아보겠어요?

이런, 이런.
사라에 집중하느라 다 놓치고 말았네!
가만있자…… 질리언, 에린, 그리고……

응급 의료 요원이었던 곤잘레스?

나는 뒤통수를 세게 얻어맞은 기분이었다. 16세기 영국에서 오스윈으로 살았던 삶부터 나는 사라, 에린, 질리언은 물론이고, 게으른 곤잘레스와도 복잡하게 얽힌 관계였다.

엘렉트라: 조금은 이해가 가나요?

저스틴: 오스윈은 아내인 아그네스에게 독살을 당했군요. 아그네스는 나중에 사라로 태어나 다시 나와 결혼을 했고. 언제까지 이 여자와 부부의 인연으로 만나야 하는 겁니까?

엘렉트라: 부부의 인연. 그것이 당신과 사라에게 주어진 임무예요.

저스틴: 임무라고요? 교수형에 처해졌어야 할 인간들은 내가 죽고 난 이후에도 잘 먹고 잘 살았더군요. 너무 불공평하잖아요. 그런데도 내게 맡겨진 일이니 꾹 참고 죽을 땐 죽으란 말입니까? 게다가 이번 생에선 왜 또 만난 겁니까? 내게 복수의 기회라도 주어진 건가요?

엘렉트라: 환생은 당신이 윤회의 굴레에서 조속히 벗어나기 위한 장치예요. 사사로운 복수나 은혜 갚기를 위한 수단이 아니랍니다. 당신의 '서클'에는 사라와 질리언이 속해 있어요. 곤잘레스는 다른 서클 소속이지만, 당신의 서클 주위에서 조력자 역할을 하죠. 일종의 소행성 같은 존재로 비유할 수 있을까요?

저스틴: 서클?

엘렉트라: 당신이 속한 학급이라고 설명할 수 있어요. 사라와 질리언은 당신과 함께 학습하는 같은 반 동급생 정도로 받아들이면 될 것 같군요.

사서는 책을 덮고는 곧장 자리를 떴다.
나는 도서관으로 단숨에 돌아왔지만 모포에 둘둘 말려 커다란 돌덩이와 함께 호수에 수장되던 끔찍한 광경이 머릿속에서 지워지지가 않았다.
나는 벽을 향해 움직이는 사서의 모습을 명명한 눈으로 바라보았다. 사서는 전과 똑같은 모습으로 책을 한쪽 옆구리에 끼고는 소리 없이 걸어갔다. 그의 걸음걸이는 다소 느린 듯 여유가 있었다. 마치 얼음판 위를 미끄러지는 듯한 경쾌한 걸음이었다. 정신을 제대로 차리지 못한 채 얼떨떨한 나를 비웃기라도 하는 것만 같은 가볍고 상쾌한 동작 말이다.

엘렉트라: 오스윈과 아그네스의 관계로 돌아가죠. 당신과 사라는 십만 번 이상의 삶을 되풀이해서 사는 동안 완수해야 하는 주요 미션이 있어요. 바로 남녀 관계에서 생성되는 낭만적 사랑을 극대화시켜 참사랑의 의미를 깨닫는 것입니다. 가장 쉬운 과정이 부부라는 인연으로 묶여서 가정을 이루는 것이죠. 앞서 보고 경험해서 알겠지만, 당신과 사라는 시작부터 어떤 목적의식의 동반을 합리화합니다. 주로 물질적인 것에 쉽게 끌리는 특징이 있어요. 그런 마음의 작용은 미움과 질투라는 감정을 탄생시켰을 뿐만 아니라, 정신적 육체적 학대, 심지어 살인마저 가능하게 했죠.

저스틴: 언제까지 이러고 살아야 합니까? 정말 지긋지긋해서 묻는 겁니다.

엘렉트라: 저스틴, 아직 내 포인트를 알아듣지 못했군요. 당신과 사라가 진정한 사랑의 결실을 만들어 내기 전까지는 부부로 얽힌 끈을 끊을 수 없을 거예요.

저스틴: 영원히 말입니까?

엘렉트라: 영원히. 그렇다고 하늘이 무너지는 듯한 표정까지 지을 필요는 없어요.

저스틴: 남의 사정이라고 정말 가볍게 말하는군요.

엘렉트라: 당신의 절망스러운 얼굴을 봐서 좀 더 설명하죠. 각 인생에 부여된 부부라는 계약 기간이 끝나면 둘은 학급에서 다시 만나게 됩니다. 계약 기간의 종결이란 둘의 죽음을 의미하죠.

저스틴: 이제는 사후 세계 차례인가요? 게다가 죽이거나 이혼하는 마당에 다시 만난다니…….

엘렉트라: 정확하게 설명하자면 사후 세계란 존재하지 않아요. 그건 인간들 스스로가 꾸며낸 환상이죠. 그 부분은 다음 기회로 미루겠어요. 아무튼…… 학급으로 모인 동급생들은 서로 살았던 인생을 복습하는 일정한 시간을 갖습니다. 지나간 티브이 쇼 에피소드들을 함께 시청한다고 생각하면 되겠어요. 당신과 사라의 일생도 예외는 아니죠. 그러한 복습 과정이 끝나면 일종의 평가 과정이 시작됩니다. 그때마다 당신과 사라는 지난 삶에 대한 깊은 반성과 더불어 새로운 각오를 다지죠. 그리고 다음 삶에 대한 준비에 들어갑니다. 수많은 토론이 벌어지고 각자 맡은 역할에 대한 연구에 몰두합니다.

저스틴: 사라와 나는 열등생임이 틀림없군요.

엘렉트라: 비관하지 말아요, 저스틴. 당신이 나의 도움을 올바르고 진실되게 받아들인다면 만족스러운 결과를 얻을 수 있을 거예요.

저스틴: 당신의 도움이란 날 우등생으로 만드는 개인 교습 같은 건가요?

엘렉트라: 그렇게 이해해도 전혀 틀린 건 아니에요.

나는 머리를 설설 흔들었다. 사라와 다음 생에도 부부로 만나게 된다는 상상을 하니 몸까지 부르르 떨릴 지경이었다. 그토록 무수한 부부 생활을 거친 결과가 아직도 이 모양이라는 사실에 기가 막혔다. 햄스터의 쳇바퀴와 같이 돌고 도는 이 인연을 이제는 끝내야겠다는 결심이 굳게 섰다.

궁금하네······.
이번 생에서 질리는 왜 여자 친구로 만난 걸까?
메리로 살았던 삶에선
나를 죽이라고 직접 사주까지 한 인물인데.

엘렉트라: 질리언의 역할은 당신과 사라가 바른 판단을 할 수 있게 도와주는 거예요.

저스틴: 바른 판단? 무슨 자격증이라도 소지한 건가요? 아무리 자격증 시대라고 해도…….

엘렉트라: 비꼬는 태도는 바람직하지 않아요.

저스틴: 다들 도움을 주는 입장인데 나만 뒤처진 머저리 같아서 이러는 겁니다.

엘렉트라: 역할에 있어 우열의 가치는 부과되지 않아요. 그럼 계속 이어가죠. 질리언은 맹독성을 가진 피마자 추출물에 대한 정보를 슬그머니 알려줌으로써, 아그네스가 '배우자 독살'이라는 아이디어에서 본인의 이성을 철저히 방어하는 능력을 시험하는 거죠. 반대로 이번에는 매혹적인 여성으로 당신에게 접근했어요. '불륜과 배신'이라는 유혹을 뿌리칠 수 있는 당신의 의지력을 테스트하기 위해서가 아닐까요? 만약 당신과 사라가 각각 '메리'와 '질리언'의 의도적인 유도에서 벗어났다면, 현재 둘은 다른 삶을 살고 있겠죠.

저스틴: 좋게 인생을 마치고 죽어야 모두에게 편한 거 아닌가요? 같은 역할에서 벗어나 새로운 연극에 도전도 하고.

엘렉트라: 출제한 시험 문제가 너무 쉬워서 에이(A)를 받는다면 무슨 의미가 있겠어요?

저스틴: 낙제를 하느니 쉬운 에이를 택하겠어요.

엘렉트라: 오해하지 말아요. 난이도 조정도 학급에서 다 함께 결정하는 사안이니까요. 그리고 사라와 당신의 셀 수 없이 많았던 부부 인연 중 16세기 사례를 뽑은 이유는 간단해요. 가장 극적이고 긴장감 있는 케이스였으니까요. 당신이 1순위로 선택한 사라와의 스토리는 이쯤에서 접기로 하죠. 곧 나오미가 깰 시간이에요.

엘렉트라가 나의 팔을 잡았다.

사서와 도서관으로 채워져 있던 그림이 한순간에 내 집 주방 풍경으로 바뀌었다. 마치 어릴 적 학교 수업 시간에 슬라이드 쇼를 보는 느낌이었다. 선생이 영사기에 연결된 버튼을 누르면 '사진 A'에서 '사진 B'로 교체되는 바로 그 느낌. 그 짧은 시간에 엘렉트라는 이미 꼬리를 감춘 상태였다. 식기 세척기는 여전히 웅웅 거리며 맡겨진 업무를 수행하는 중이었다.

나는 주방에서 나가 현관문을 확인했다. 문에 설치된 이중 자물쇠는 단단히 채워져 있었고, 안전 고리까지 친절하게 걸려 있었다.

혹시나 하는 마음에 뒷마당 데크로 통하는 다이닝룸 유리문을 살펴보았다. 역시 잠겨 있었다. 저녁 식사 전에 온 집안을 돌며 문을 걸어 잠그는 나오미의 버릇이 오늘도 철저히 행해진 것이었다.

요새와 같은 이곳을 자유롭게 드나드는 엘렉트라의 탁월한 능력에 나는 혀를 내두르지 않을 수 없었다.

"저스틴…… 깜박 잠이 들었나 봐."

방금 잠에서 깨어난 나오미가 잠꼬대를 하듯 중얼중얼했다. 언제 멈추었는지 식기 세척기의 드센 음성도 더 이상 들리지 않았다.

"이제 자러 가자."

나는 리모컨 버튼을 눌러 조잘대는 티브이부터 잠재웠다. 그다음 순서는 나오미였다.

2

"체이스의 스프링 브레이크 기간 동안 3일 정도 당신과 시간을 보내는 것도 괜찮을 것 같아. 마침내 출장 스케줄과 겹치기도 하고. 3월 셋째 주 목요일 어때? 일요일 저녁 8시까지만 데려다주면 좋겠어."

"그렇게 하지."

나는 최대한 간략하게 대답했다. 마음에 안 드는 부분에 토를 달아봤자 땍땍거리는 사라의 목소리만 지겹게 듣게 될 뿐이었다. 차라리 나에게 주어진 3박 4일을 어떻게 알차게 보낼지 고민하는 편이 한결 나았다.

예전에 비해 무척 관대해졌구나.
조금 있으면 성인의 반열에 들 수도 있겠어.

아마도 16세기 사라와 나의 관계를 되짚어 본 이후부터 인 듯했다. 사라의 억지 주장과 히스테리에도 허허 웃을 수 있는 약간의 여유가 생긴 것이었다. 사뭇 두렵기까지 하던 전생 체험이 그다지 나쁘지만은 않은 것 같았다.

전생을 넘어 미래의 생활상까지 엿볼 수 있다면
얼마나 좋을까?
이 지옥 같은 현실의 탈출구를 찾는데 적격일 텐데.

수마나쿤
오스윈 브라이스 프라이싱톤

나는 엘렉트라가 남기고 간 종이 뒷면에 두 이름을 적었다. 저스틴 브라우닝을 제외한 기억 속에 남아 있는 나의 또 다른 이름들이었다. 나는 종이를 뒤집어 내 주위를 공전하는 여덟 개의 행성들을 꼼꼼히 들여다보았다.

어머니.
아버지.
사라.
체이스.
나오미.
질리언.

카일.

션……

션?

내가 알고 있는 '션'이라는 이름을 가진 인물들을 한 사람씩 호명해 보았다.

션 힐튼. 중학교 동급생으로 7학년 때 나를 때린 주인공.
션 와이클리프. 대학교 시절 같이 밴드 활동을 하던 베이시스트.
션 살로. Z 뉴스 네트워크 전 아트 디렉터.
션 서덜랜드. 뉴욕에서 잠깐 다녔던 교회의 목사.
션 던. 오라일리 맥주집주인.

맥주집주인을 제외하고는 여기저기서 스치고 지나간 사람들이었다.
션 던은 2년 전에 오라일리 맥주집을 인수한 젊은 사장이었다. 션의 먼 친척인 노령의 톰 오라일리가 가게를 접고 데이토나비치로 이주하려 하자, 주류 사업에 관심이 있던 그가 즉각 사들인 것이었다. 약간의 내부 수리를 끝낸 션은 오라일리 맥주집의 원모습을 그대로 이어갔다.

나와 션과의 관계를 굳이 따지자면 오래된 손님과 새 주인 정도였다. 단골손님의 취향을 잘 아는 그는 손님이 주문도 하기 전에 '아일랜드 자동차 폭탄'을 신속하게 제조해 내어놓을 줄 아는 센스 있는 술집 주인이었다.

그렇지.
션 던과 나 사이에는 드라마가 없잖아?
볼 때마다 반가운 척 인사하는 게 고작이지.

션 던이 브라우닝 태양계에 속한 '션'은 아닐 것이라는 선별 기준에 합당한 답안이었다.

그럼 누구지?

하지만 아무리 생각해도 없었다. 앞으로 나타날 '새로운 션'의 예보인 듯했다.

그럼 이제 4명 남은 건가?
어머니, 아버지, 체이스, 나오미.
나와 어떤 관계로 엮인 사람들이란 걸까?

나는 그들과의 과거 청산으로 얻게 될 이득이 무엇일지 궁금하기도 했다. 금전적인 혜택이나, 애정의 결실을 이루는 행운은 없는 것인지 알고 싶었다.

"물질적 축적으로 인간의 삶이 풍요로울 수 있다고 믿나요?"

나는 움찔했다.

고음과 중음이 결합된 이중 목소리가 매서운 바람과 같이 날아들었다. 어김없이 엘렉트라가 작업실 문 앞에 있었다. 해변에서 수영복 위에 걸치는 덧옷처럼 보이는 가운을 입은 그녀는 신발도 없이 맨발로 서 있었다. 이제는 "내 집에 이떻게 들어왔느냐?"라는 질문은 생략하기로 했다. 그녀의 기술은 이미 마술사 데이비드 블레인과 맞먹는 수준이었다.

"지독한 가난으로 굶어 보지 않은 사람들이 주로 그런 소리 하더군요. 돈으로 원하는 것들을 이룰 때 인생의 만족도도 높아지는 건 자연스러운 일 아닌가요?"

나는 설교나 훈계 따위엔 신물이 난다는 투로 쏘아붙였다. 사실 교회 목사들의 시답잖은 오만함에 종교 자체도 오래전에 포기한 상태였다.

"자본주의 부작용의 단면을 그대로 보여 주고 있군요. 상관없어요. 그 또한 인류 전체에 카르마로 작용하고 있는 중이니까요. 아, 그리고 정확히 할까요? 당신이 모태 신앙을 버린 사유가 교만한 목사 탓이었다는 주장은 사실이 아닐 텐데요. 교회에서 강조하던 십계명을 스스로 저버렸기 때문 아닌가요? 특히 일곱 번째와 아홉 번째 계율이 문제였군요."

일곱 번째. 간음하지 말라.
아홉 번째. 네 이웃에 대하여 거짓 증거 하지 말라.

나는 어금니를 앙다물었다. 번번이 발가벗겨지는 듯한 기분은 물론이고, 참을 수 없는 수치감까지 일었다. 그동안 엘렉트라와 나의 미스터리 한 동행으로 잠시 사그라진 검은 마음이 까닥까닥 고개를 흔들었다. 그녀의 얇은 가운의 가운데 부분을 프렌치 도어 열듯 쫙 벌리고 싶은 음욕이 벌겋게 일어났다. 나와 똑같은 치욕을 안겨 주고 싶은 못된 심보 인지도 모르겠다.

"당신과 나의 말씨름은 여기서 마무리지어야 할 것 같아요. 안타깝게도 이렇게 꾸물거릴 시간이 당신에겐 없어요."
"날 골탕 먹일 속셈인가요?"

엘렉트라는 입고 있는 가운을 날개처럼 나풀거리며 다가왔다.

"만나야 할 사람이 있어요."

"누군지 모르겠지만, 오늘까지 끝내야 할 프로젝트가 있어요. 내일 아침까지는 반드시 보내야 합니다."

나는 완강한 자세로 거절했다. 엘렉트라는 의자 팔걸이를 양손으로 짚고는 상체를 앞으로 굽혔다. 브이(V) 자로 깊게 파인 가운 사이로 부풀어 오른 그녀의 젖가슴이 고스란히 노출되었다. 예상 밖이었다.

나는 그녀의 과감한 행동에 발끝까지 자릿해졌다. 내 엉덩이와 허리는 회전의자에 딱 달라붙어 옴짝달싹도 할 수 없었다. 엘렉트라는 허벅지 위에 어색하게 올려진 나의 손을 잡았다. 그녀의 손끝을 지배하는 얼음처럼 차가운 기운에 나는 번득 정신이 들었다. 몸속에 있는 모든 신경 세포들이 일시에 결빙되는 느낌이었다.

"라콰인 루이시."

'잘 오셨습니다.'

사서는 짧은 인사 후 곧바로 책을 열었다. 예전과 달리 이번에는 조금 서두르는 것만 같은 기분이 들었다.

눈부신 하얀빛으로 가득 찬 도서관은 일순 붉은 흙먼지가 날리는 공사 현장으로 바뀌었다. 커다란 사암 블록들이 산재해 있는 작업장에는 수많은 일꾼들이 바쁘게 움직이고 있었다. 일꾼들 대부분은 남자였으나 간혹 여자들도 드문드문 있었다. 남녀 모두 정수리 부근에 둥그렇게 틀어 올린 머리 모양을 하고 있었다. 그들은 상체를 완전히 드러낸 채 사롱 스타일의 기다란 천만 허리에 두르고 있었다. 사방은 망치로 정을 두드리는 소리로 요란했다. 작업장 책임자들은 간간이 일꾼들을 향해 고함을 지르기도 했다. 사원처럼 보이는 석조 건물 기둥이 보였다. 그 옆에서 한 어린 남자가 매질을 당하고 있었다. 일꾼들은 그 모습을 빤히 보면서도 본체만체하던 일에 열중할 뿐이었다.

사서: 1207년 12월 17일의 기록입니다.

저스틴: 라야 비하라 불교 사원 건축 현장이군요.

사서: 맞습니다. 훗날 타프롬이라는 이름으로 알려져 있습니다.

중년쯤 접어든 풍채의 남자는 매질을 끝내고도 분이 안 풀렸는지 어린 남자를 향해 큰소리로 꾸짖었다. 열대여섯으로 보이는 소년은 바닥에 무릎을 꿇고 앉아 머리를 조아리고 있을 뿐이었다. 무더위 탓인지, 많은 작업량 탓인지 소년과 남자는 상당히 지친 기색이었다. 맞고 때리느라 소모해 버린 열량 탓일지도 몰랐다.

저스틴: 키리와 보나. 선생과 제자 관계였죠. 작은 일에 들썽거리는 기질은 예나 지금이나 여전하군요.

엘렉트라: 키리 입장에선 화가 날만도 하죠.

저스틴: 그렇다고 저토록 때린단 말입니까? 보나는 단지 자신이 본 사실 그대로를 어딘가에 슬쩍 남기고 싶었을 뿐!

나는 사뭇 억울한 심정에 사로잡혔다. 어떤 시대에 어떻게 태어나도 나를 알아주는 이가 없다는 생각에 울적해지기까지 했다.

엘렉트라: 어머니 엘레나가 키리였다는 것이 불만인가요?

저스틴: 800년이 훨씬 넘은 과거 이야기인데 여전히 앙금이 가시지 않은 것 같아 그러는 겁니다.

엘렉트라: 키리가 조각해야 할 동물 목록을 보나에게 알려 주자, 보나는 '자신 있으니 걱정 마세요.'라고 하지 않았나요? 보나, 즉 당신의 무모한 시도는 키리의 목숨까지 위협하는 요인이 될 수 있었어요. 더구나 키리는 보나의 유일한 스승이자, 은인이었으니까요.

엘렉트라는 항상 이런 식이었다. 조금이라도 딴생각을 하면 얼음물을 끼얹은 듯한 언사로 나를 자극했다. 그녀의 말이 틀린 것은 아니었으나, 기분이 썩 좋진 않았다.

키리는 자야바르만 7세 시대 최고의 석공 중 한 명이었다. 그의 아버지 우돔 또한 수리야바르만 2세 때 이름을 날리던 장인이었다. 반대로 보나는 전쟁 포로로 잡혀 노예로 전락한 집안에서 태어났다. 어린 보나는 라테라이트로 벽돌을 만드는 작업을 하던 아버지를 따라 종종 작업장에 가곤 했었다. 그러던 어느 날, 키리는 고무나무 아래에 앉아 못쓰는 사암 조각을 붙잡고 있는 보나를 발견했다. 보나는 기능공들이 쓰다 버린 뭉툭한 정과 날망치를 이용해 원숭이 모양을 조각하고 있던 중이었다. 사암 겉면을 장식한 양각 모양을 찬찬히 살피던 키리는 한눈에 보나의 재능을 알아보았다. 제대로 된 트레이닝만 받는다면 큰 석공으로 대성할 수도 있을 것 같았다. 문제는 보나가 롤레이 사원 소속이라는 것이었다. 소속이라기보다 사원의 소유물에 가까웠다. 이후 키리는 보나를 수습생으로 취하기 위해 여러모로 힘을 썼다. 관리들에게 선물을 하거나 청원을 넣는 등 여간 공을 들인 게 아니었다. 마침내 키리의 절절한 애걸복걸 끝에 보나를 롤레이 사원에서 데려올 수 있었다. 그리고 그는 기쁜 마음으로 보나를 제자로 삼았다.

아버지는 노예 신분에서 벗어나는 것은
오롯이 나의 역량에 달렸다고 누누이 말했지.

'마스터의 말을 왕의 명령처럼 따라라!'
'마스터만이 너를 살릴 수 있다!'
'마스터가 네 인생의 전부가 되어야 한다!'

어머니의 신물 나는 레퍼토리였어.
나랑 눈만 마주치면 인사말 대신 내던지는 소리였거든.
그들의 간절한 소망대로
나는 키리 마스터에게서 많은 기술을 배웠지.
언젠가는 왕에게 인정받는 석장이 될 것이라는
큰 희망을 가지고 말이야.
하지만 나는 매일같이 키리 옆에 쪼그리고 앉아서
무뎌진 정을 고치거나, 망치를 손질하며 지냈어.
길고 따분한 수련 과정이었지.
그러던 어느 날 나에게도 기회가 왔어.
그동안 갈고닦은 솜씨를 발휘할 찬스였어.
키리는 사원의 출입구 옆 기둥에 조각할
동물의 순서와 전체적인 디자인에 관해 알려 주었어.
키리가 미리 작업한 압살라 부조물 바로 옆면에 들어갈
조형이었거든.
보기엔 양각과 음각을 적절하게 배열한 그림 같이 보이지?
그렇게 만들기 위해선 평면상에
형상을 입체적으로 조각해야 하는데,
살 두께를 얇게 파내야 하기 때문에

수년에 걸친 연습이 필요했어.
아무튼 키리는 나에게 세 가지 동물의 조각을 맡겼어.
물소, 코뿔소, 말의 순서로 새겨야 하는 과제였지.
하지만 나는 '코뿔소'가 어떤 동물인지 이해할 수가 없었어.
그래서 키리에게 그 생김새에 대해 질문했어.
키리는 귀찮은 듯이
"코뼈와 앞머리뼈 사이에 뿔이 두 개 달린 동물이야."라고
대강 설명했지.
그러자 무슨 일이 일어났는 줄 알아?
곧바로 선명한 형체가 나의 뇌 속에 신기루처럼 떠올랐어!

엘렉트라: 스테고사우루스의 재미난 탄생 신화로군요.

저스틴: 이유는 모르겠지만, 스테고사우루스를 아주 가까운 거리에서 관찰했던 기억이 난 겁니다. 하필 그 순간에.

엘렉트라: 무의식 속에 간직했던 수마나쿤의 경험이 자연스럽게 나타난 거예요.

저스틴: 기억을 조금씩 더듬어 정성을 다해 조각했어요. 그러면 뭐합니까? 결국 돌아온 건 키리의 질책과 구타였는데.

Mr. Browning

나는 입안에서 비릿한 맛이 감도는 것을 느꼈다. 키리가 나무로 만든 긴 자를 휘두르며 쏟아내던 단어들이 족족 들렸다.

'멍텅구리!'
'바보!'
'못난이!'
'벌레!'
'밥만 축내는 돼지!'
'쓸모없는 노예 자식!'

키리는 날 속였어.
내 아버지도, 내 어머니도.
그에겐 나는 수습생도 아닌 한낱 노예일 뿐이었어.
집에서 기르는 말 잘 듣는 개와 비슷한 수준이랄까.
나는 배신감에 검룡 한 마리를 더 조각하기로 맘먹었지.
더 크고, 훨씬 구체적인 모양으로.
적당한 지점을 물색하던 나는
사원 입구 내부에 기둥을 받쳐 만든 현관 지붕을 선택했어.

엘렉트라: 두 번째 스테고사우루스는 머리와 몸의 비율이 실제 모습과 흡사하더군요.

저스틴: 키리의 모티프에서 벗어난 조각이었죠. 온전히 내 기억 속에서 움직이던 모습을 재현하려고 온 힘을 다한 새김질이었습니다. 목에 걸린 듯한 끈 모양 또한 내 작은 추억의 한 부분이었어요. 알로사우루스나 케라토사우루스의 공격에서 살아남기 위해선 머리 나쁜 스테고사우루스라도 이용해야 했거든요. 난 조난 구조용 로프를 이용해 스테고사우루스를 엄청나게 큰 몸집의 말처럼 끌고 다녔죠. 그 녀석은 나무가 무성한 곳에만 데려가면 충분히 만족했으니까요. 불운하게도 얼마 지나지 않아 모놀로포사우루스의 밥이 되었지만. 그것이 수마나쿤의 마지막이었어요.

엘렉트라: 브라보! 계속 발전하는 당신이 자랑스러워요.

저스틴: 무슨 뜻입니까?

엘렉트라: 과거 삶의 회귀 과정을 통해 당신 스스로가 완벽하게 연결을 시키고 있으니까요.

수마나쿤의 기억이 보나에게 투영된 것이 그리 대단한 일인가 싶었다. 수마나쿤은 공룡의 저녁거리로, 오스윈은 부인에 의해 독살된 마당에 내 인생은 언제쯤 꽃을 피우게 될지 의문이었다.

엘렉트라: 보나의 미래가 궁금한 거로군요.

사서: 다음 장으로 넘기겠습니다.

두 번째 스테고사우루스가 일으킨 파장은 과히 충격적이었다. 검룡 조각을 처음 발견한 '라차나'라는 석공은 사다리까지 타고 올라가 확인의 확인 절차를 거쳤다. 사원의 주요 이미지는 보살 반야바라밀다를 중심으로 제작한 서사적 형상 이어만 했다. 자야바르만 7세의 어머니를 모델로 했기에 더욱 그랬다. 그래서 그에게 검룡이란 심술궂은 장난질 정도가 아니라, 왕과 신에게 맞서는 모독이었다. 화가 난 라차나는 그 길로 달려가 관리자에게 보고했다. 격분한 관리자는 벼락같이 색출 작업에 나섰다. 이 모든 상황을 알게 된 키리는 관리자를 찾아가 자초지종을 알렸다. 그리고 자신이 책임을 지고 사건을 수습할 것을 약속했다.

문제는 나의 신분이었어.
내가 롤레이 사원의 노예라는 사실이 밝혀져 버렸거든.
키리의 모자란 수습생 정도로 이해하던 관리자는
즉각 나를 롤레이 사원으로 돌려보냈어.
내가 떠나던 날 키리의 표정이란 마치……
"이게 다 내 말을 듣지 않은 너의 불찰이야!" 하고
나무라는 것만 같이 일그러져 있었지.
롤레이 사원으로 돌아간 나는
사원과 왕을 모욕한 죄로 노역 현장에 배치되고 말아.

하루 두 끼로 배를 간신히 채우고는
뙤약볕 아래서 하루 16시간 이상 육체노동을 해야 했어.
섭씨 40도를 훨씬 넘는 기온에서 채워야 할 노동량은
인간의 한계를 뛰어넘는 범주였다고.
결국 난 열사병으로 심한 탈수 중세와 발작을 일으키다
쇼크사하고 말았지.
난 억울했어.
코뿔소의 생김새만 정확히 가르쳐 줬어도
이토록 괴로운 사건은 일어나지 않았을 테니까.

엘렉트라: 진심인가요?

저스틴: 코뿔소가 어떤 동물인지 정말 몰랐다니까요.

엘렉트라: 키리의 설명은 나쁘지 않았어요. 코뼈와 앞머리뼈 사이에 두 개의 뿔이 달렸다고 했으니까요. 매끈한 얼굴과 오각형 골판을 등에 단 동물 형상은 당신이 직접 만들어 내지 않았나요? 저스틴, 당신 주위에서 일어나는 모든 사건 사고는 당신의 의지와 선택에 의해 촉발되는 것이라고 정의할 수 있어요.

저스틴: 그럼 키리는 어째서 내 어머니가 된 건가요? 날 죽게 만든 사람을 어머니로 둔갑시킬 생각은 누가 한 겁니까?

엘렉트라: 잊은 건가요? 당신의 생이 끝난 후 다음 생을 위한 결정은 당신과 당신이 속한 서클에서 함께 하는 거예요. 키리, 그러니까 엘레나는 모든 힘을 다해 당신을 지원했어요. 피지도 못하고 꺾여 버렸던 당신의 이전 생과는 달리, 당신이 완전한 인생을 가질 수 있게 도움을 주기로 약속했기 때문이죠.

저스틴: 그런데 왜 어머니입니까? 차라리 음악 선생이었거나, 유명 음반 프로듀서였다면 내가 뮤지션으로 성공하는데 큰 도움이 되었을 텐데.

엘렉트라: 엘레나는 그녀의 완전한 통제 하에서 이 임무를 수행하기 원했기에 당신의 어머니로 환생하는 것에 동의했어요. 조금 전에 말했지만, 그녀의 주된 임무는 당신이 완전한 삶을 영위하게 하는 것이었어요.

저스틴: 완전한 삶이란 게 정확히 뭘 의미하는 건가요?

엘렉트라: 쉽게 말하면 80세 이상의 생애를 유지하는 것이죠. 당신의 과거 삶들을 대충만 더듬어 봐도 당신은 30년 이상의 생을 유지한 경우가 거의 없어요. 대부분 요절하고 말았죠. 여기서 명심해야 할 부분이 있어요. 비록 엘레나가 당신이 100세까지 살 수 있는 환경을 만들어 주었다 하더라도, 그 100년은 당신의 자유 의지에 달려 있어요.

나는 입을 다물었다. 정확히는 마음의 소리가 새어 나가지 않도록 안간힘을 썼다. '정말 100살까지 살 수 있는 환경을?'이라는 질문이 밤하늘의 별처럼 반짝거렸다. 요양원 작은 침대에 쓸쓸히 누워있는 어머니 생각은 고사하고 말이다. 나는 이 낯 뜨거운 본심을 시꺼먼 페인트로 까맣게 칠해 버리고 싶었다. 이런 것을 '죄책감'이라 부르는지 모르겠다.

"우나수파안 아게."

'지금도 늦지 않았어요.'

엘렉트라는 내 손을 잡으며 말했다. 그와 동시에 '탁!' 하고 사서가 책을 닫는 소리가 들렸다. 나는 그 즉시 붉은 먼지가 뿌옇게 날리던 현장에서 빠져나와 작업실로 돌아왔다.

웅. 웅. 웅. 웅.

회전의자에 앉아 있던 나는 책상 위에서 울어대는 휴대전화 소리에 갑자기 가슴이 벌렁거렸다.

설마, 어머니가……!

쏟아지는 불길한 느낌에 휴대전화 스크린을 제대로 쳐다볼 수조차 없었다. 주저하면 할수록 휴대전화는 더 크게 악을 쓰며 울어대는 것만 같았다. 나는 낚아챈 듯 전화기를 손에 쥐었다.

나오미

나도 모르게 안도의 한숨이 길게 뿜어져 나왔다.

"하이, 베이비."
"허니, 기차에서 누구랑 마주쳤는지 알아? 제니퍼! 진짜 얼마만인지 몰라. 근처에서 커피 한 잔 마시고 들어갈게. 데리러 나오지 않아도 괜찮아요. 나중에 제니퍼가 집까지 태워다 주기로 했어."

짙은 안개 같은 나오미의 목소리가 유난히 명랑했다. 나는 알겠다고 전한 후 전화를 끊었다. 등 뒤로 서늘한 기운이 주르륵 흘러내렸다. 끔찍스러운 기분이 사냥꾼의 덫에 걸린 산짐승처럼 발버둥질을 해댔다.

왜 그런 생각이 들었을까?
느닷없이 어머니의 죽음을 떠올린 이유가 무엇일까?

몸부림을 칠수록 더욱 죄어오는 덫은 예리한 송곳니를 드러내며 덤볐다.

'저스틴, 어머니가 얼른 이 세상을 떠나길 바라는 건 아니니?'
'저스틴, 단 한 번이라도 어머니의 죽음을 원했던 적이 있니?'

무시무시한 질문이 나의 뇌신경을 잡아끌었다. 나는 머리를 세게 휘저었다. "아니야, 그런 적 없어! 맹세코!"라는 대답을 똑똑히 알려 주고 싶었다. 더불어 내 혈관까지 야금야금 침투하려고 겨누고 있는 손아귀에서 속히 도망쳐야 했다. 나는 서둘렀다. 몇 통의 이메일 확인 후, 중단했던 10초짜리 배경 음악 작업에 돌입했다. 적어도 15개의 샘플을 모레까지 보내야 하는 현실에 다이빙했다.

얼마 후 간식을 챙겨 먹은 나는 밀린 설거지를 했다. 기분 전환을 위해 판도라 라디오를 켰다. 곧 가슴이 편해지는 음악으로 집안이 가득 채워졌다. 소용돌이치던 감정이 조금 가라앉는 느낌이었다. 나는 내친김에 진공청소기를 돌려 1층을 청소했다. 세탁물 바구니에 담긴 빨랫감도 세탁기에 던져 넣었다. 이틀 뒤에 방문할 청소부 파울라가 할 일이 없어 빈둥거린다 해도 상관없었다. 바쁘게 몸을 움직이고 나니 기분도 한결 나아졌다. 역시 잡념을 몰아내는 데는 노동만큼 효과적인 것이 없었다. 스피커에서 귀에 익숙한 노래가 흘러나왔다.

This is our last goodbye
이게 우리의 마지막 이별이에요

I hate to feel the love between us die
우리 사이의 사랑이 시드는 이런 기분은 싫어요

But it's over
하지만 이젠 끝났어요

Just hear this and then I'll go
이 말만 들어줘요 그럼 난 떠날게요

You gave me more to live for
당신은 내게 살아갈 이유였어요

More than you'll ever know
당신이 깨닫지 못한 것 그 이상으로

제프 버클리의 〈라스트 굿바이〉였다. 영원할 것만 같았던 20대에 즐겨 듣던 곡이었다. 나는 가사를 흥얼거리며 방금 도달한 이메일을 휴대전화로 확인했다. Z 뉴스 네트워크 앤디였다. 사장의 갑작스러운 출장과 휴가 스케줄로 원래 내일모레까지 받기로 했던 샘플을 다다음 주 금요일까지만 보내 달라는 내용이었다.

시간이 많아졌으니 신경을 특별히 잘 써 달라는 당부의 말도 잊지 않았다. 눈을 동그랗게 뜨고 생색을 내는 앤디의 모습이 눈에 선했다.

오늘 중 제일 반가운 소식…

짧게 스쳐 간 생각을 미처 매듭짓기도 전이었다. 〈라스트 굿바이〉가 'DID YOU RUSH TO THE PHONE TO CALL'이라는 마디에서 뚝 끊겼다. 곧이어 휴대전화가 울렸다.

+1 (203) 233-xxxx

알 듯 모를 듯한 번호였다.

"헬로."
"저스틴 브라우닝 씨와 통화하고 싶습니다."

남부 억양이 살짝 배인 중년 여성의 목소리였다.

"접니다."
"안녕하세요, 브라우닝 씨. 험프리스 헬스 센터의 사회복지사인 메이건 알렌입니다."

"네, 무슨 일이죠?"

"불행히도 브라우닝 씨에게 슬픈 뉴스를 전하게 되었습니다. 엘레나 브라우닝 부인이 약 20분 전인 오후 4시 26분에 사망했습니다……."

3

어머니가 세상을 하직한지도 어느덧 한 달이 넘는 시간이 지났다. 나는 어머니 집의 매각 문제와 그녀가 남긴 빚을 정리하느라 하루에도 몇 번씩 전화와 씨름을 해야 했다. 정작 대화가 필요한 사람과의 통화는 고작 5분에서 10분 정도였지만, 귀 따가운 음악을 30분 이상 들으며 기다려야 하는 고통을 맛보아야만 했다.

다행히 어머니의 장례식은 무사히 끝마쳤다. 나오미의 도움 덕분에 모든 것이 순조로웠다. '웨딩 플래너'라는 그녀의 직업이 복잡한 장례 절차에 이토록 적절하게 쓰일지 몰랐다. 그녀의 신속한 연락 때문이었는지, 장례식에서야 얼굴을 내밀 것이라고 예견했던 사라가 체이스를 데리고 뷰잉(Viewing)에도 참석을 했다.

사라나 질리언이었다면 어땠을까?

겪지 않아도 뻔했다. 내가 내리는 결정 하나하나 물고 늘어지며 반대했을 것이었다. 나오미 바로 전 여자 친구였던 에리카라면 더 볼만했을 터였다. 무신론자인 그녀가 교회에 찾아간다는 자체가 전혀 그림으로 그려지지 않았다.

그렇다면 나오미를 만난 것도 어머니의 뜻이었던 걸까?
변경된 프로젝트 마감일도
어머니의 장례식을 치르기 위한 특별 배려였단 말이야?
관둬. 생각하기 나름이야.
끼워 맞추려고 애쓰지 마.

점점 악화되던 병세로 어머니의 죽음은 예상했었지만 이렇게 다가올 줄은 몰랐다.

엘렉트라는 키리와 보나의 인연으로 연결된
어머니와 나의 관계를
하필이면 그녀의 사망 직전에 알려 주었을까?

나는 엘렉트라를 원망했다. 3일 전, 아니 하루 전날에라도 나타났다면, 적어도 어머니의 임종은 지킬 수 있었을 것이리라. 나는 휴대전화에서 어머니와 찍은 마지막 사진을 찾았다.

한 손에는 빨간 풍선을, 다른 한 손에는 하트 모양의 초콜릿 상자를 들고 있는 어머니.

올해 찍은 밸런타인데이 기념사진이었다. 밝게 미소 짓고 있는 나와 나오미 사이에 앉아 있는 어머니는 무표정했다. 화난 얼굴도 아니고, 슬픈 얼굴도 아닌, 뭐랄까…… 삶과 죽음을 초월한 허탈감이 어려 있는 모습이었다. 나는 사진 앱을 닫고 뮤직 앱을 열었다. 나는 플레이리스트에서 제프 버클리의 〈라스트 굿바이〉를 찾아 재생 버튼을 터치했다.

This is our last embrace
이게 우리의 마지막 포옹이에요

Must I dream and always see your face?
항상 당신의 얼굴이 보이는 것을 보아 꿈인 것이 분명해요

Why can't we overcome this wall?
왜 우리는 이 벽을 넘을 수 없는 걸까요

Well, maybe it's just because I didn't know you at all
그건 아마도 내가 당신을 잘 알지 못하기 때문인가 봐요

어머니가 떠나기 전 고른 마지막 곡이었을지도 몰라.

미처 나에게 전하지 못한 그녀의 메시지였던 걸까?

어머니는 아버지와는 달리 열린 사고를 가졌었다. 일정한 수입도 없이 뮤지션이 되겠다고 선언했을 때도, 사라와 이혼을 선포했을 때도, 뒤늦게 부정한 남편이었음을 고백했을 때도 별 말없이 나의 선택을 존중해 주었다. 그리고 그녀는 "그럴 수 도 있지."라는 한마디와 함께 인간의 다양성을 포용할 줄 아는 너그러운 사람이기도 했다. 사사건건 비판을 즐기는 아버지와는 정반대였다. 대신 경제관념이 부족했던 어머니는 아버지가 남기고 간 재산을 제대로 지키지 못했다. 어머니에게 부동산 투자나 사모펀드는 골치 아픈 불상난에 불과했다. 게다가 암 치료와 요양원 비용으로 그녀가 가지고 있던 재산을 모두 써 버려야만 했으니까.

4

나는 웨스트포트를 떠날 준비를 했다. 나오미와 나는 새로운 둥지를 틀 장소를 찾느라 바빴다. 지리적으로 일하기 편한 뉴욕시와 가까운 타운들이 후보에 올랐다. 최선의 선택은 맨해튼이나 브루클린이었다. 문제는 집세가 너무 비싸다는 점이었다. 우리가 원하는 수준의 집들은 월세가 어마어마했다. 퀸즈나 할렘, 혹은 워싱턴 하이츠가 물망에 올랐으나 나는 반대 의사를 표했다. 몇 년 전 할렘에 살던 친구 매튜의 약혼녀가 퇴근길에 소매치기를 당했던 사건이 생각났다. 왠지 끌리지 않았다.

나는 뉴욕시에서 떨어진 교외의 타운들을 알아보았다. 대부분 웨스트체스터나 롱아일랜드에 있는 타운들로 열차로 통근이 가능한 곳들이었다. 이번엔 나오미가 반대표를 던졌다. 열차 시간표가 주는 압박에서 벗어나고 싶다는 이유였다. 나오미와 나의 탐색은 뉴욕시와 가까운 뉴저지 타운으로까지 뻗어 나갔다.

저지시티,
호보컨,
에지워터,
웨스트뉴욕,
포트리,
팰리새이드 파크…….

근래에 새로 지어진 타운 하우스나 듀플렉스 하우스가 적당할 것 같았다. 집은 아담했지만, 지하층과 연결된 차고를 포함해 드라이브웨이까지 있어 나오미와 나의 생활수준을 고수하기에 제격이었다.

"팰리새이드 파크가 좋겠어. 조지 워싱턴 다리뿐만 아니라 링컨 터널과도 가깝고, 버스로 맨해튼까지 가는데 20분 정도밖에 안 걸린다고 들었어. 그리고 바로 옆 타운인 포트리에 비해 새로 지어진 깨끗한 집들도 많고, 월세도 좀 더 싸고."
"그래? 어느 틈에 그걸 다 알아본 거야?"

나는 나오미의 목 뒤를 쓰다듬으며 물었다.

"당신이 잠든 사이에?"

나오미는 헤헤거리며 장난을 쳤다. 나는 알고 있었다. 나오미가 웨스트포트 집에서 얼마나 나오고 싶어 했었던가를. 그녀는 어머니의 죽음과 함께 주정부로 소유권이 넘어가고 만 그 집의 쓰라린 운명을 보며 속으로 무척이나 기뻐했을지도 모르겠다.

그와는 정반대로 웨스트포트를 떠나는 나의 결정에 굉장히 아쉬워했던 사람도 있었다. 카일이었다. 오스틴 생활을 접고 고향으로 돌아온 후 겨우 안정을 찾은 그는 나의 이사 소식에 못내 섭섭해했다. 오라일리 맥주집에서 벌이려 했던 카일의 환영 파티는 나의 송별회가 되고 말았다.

"헤이, 필요한 게 있으면 언제든 나한테 알려 줘. 자주 연락하고 만나자고!"

카일은 큰소리로 말했다. 이미 혈관에 흑맥주 여러 잔이 핑글핑글 돌고 있는 중이었다. 나는 카일의 어깨에 팔을 두르며 호탕한 웃음을 터뜨렸다. 얼큰한 기운이 작은 화염처럼 얼굴을 감쌌다. 마침 테이블 옆을 지나던 웨이트리스를 향해 손을 번쩍 들었다. 내 수신호를 감지한 땅딸막한 체격의 웨이트리스는 테이블로 다가왔다.

"아일랜드 자동차 폭탄(Irish Car Bomb) 두 잔!"
"다른 필요한 건 없나요?"

나는 카일을 쳐다보며 "넌 원하는 거 있냐?" 하는 눈짓을 지어 보였다. 카일은 "없어."라고 말하듯 머리를 살랑살랑 내저었다.

"우선 아일랜드 자동차 폭탄 두 잔만 줘요."

취기 때문이었을까. 어두침침한 조명의 맥주집 내부가 내가 앉은 테이블을 중심으로 멀어지는 이상야릇한 기분이 들었다. 마치 내 주변에 있던 테이블과 의자, 그리고 다른 손님들까지 뒤로 쭉 끌어당겨지는 것만 같은 왜곡된 이미지였다. 그러고 보니 어느새 카일도 저만치 멀리 떨어져 앉아 있었다.

"다른 필요한 건 없나요?"

웨이트리스의 물음에 고개를 돌렸다. 그녀의 짙은 노란빛을 띤 호박색의 눈이 어둠 속 자동차 헤드라이트처럼 환하게 빛났다.

"다른 필요한 건 없나요?"

웨이트리스가 반복해서 물었다. 별안간 그녀 뒤쪽에서 불길이 봉긋 솟아오르더니 높이 치솟기 시작했다. 활활 타오르는 불기둥을 배경으로 그녀의 머리카락이 사방으로 꼿꼿하게 일어섰다. 어릴 적 만화 영화에서 자주 보던 고압 전류에 감전된 악당의 모습과 엇비슷했다.

나는 "없어, 없다고!" 하고 악이라도 쓰고 싶었다. 하지만 돌처럼 딱딱하게 굳은 내 입술은 조금도 움직일 생각이 없어 보였다.

"다른 필요한 건 없나요?"

웨이트리스의 호박색 눈알이 더 밝은 빛을 내며 불꽃처럼 어른어른 피어올랐다. 술기운이 만들어 낸 대책 없는 환영임이 분명했다.

미친년아, 왜 자꾸 같은 질문을 하는 거야?
나랑 붙고 싶어 환장이라도 한 거야, 뭐야?
필요한 거 없으니까, 제발 꺼져!

그때였다.

"아일랜드 자동차 폭탄이 도착했습니다!"

극대화된 비뚤어진 원근감이 순식간에 제자리로 돌아왔다. 웨이트리스는 반쯤 채워진 맥주잔과 아일랜드 크림과 위스키가 찰랑거리는 샷 글라스를 테이블 위에 올려놓았다. 카일의 감탄사가 코앞에서 들려왔다. 서빙을 마친 웨이트리스는 몸에 비해 유난히 큰 엉덩이를 실룩거리며 사라졌다. 카일과 나는 약속이라도 한 듯 샷 글라스를 맥주잔 안으로 거의 동시에 떨어뜨렸다.

"치어스!"
"치어스!"

카일과 나는 건배사 외치며 폭탄주를 벌컥벌컥 들이켰다. 나는 입가에 묻은 거품을 손가락으로 닦아 내는 카일의 모습을 물끄러미 바라보았다. 단란한 가정을 이루고 사는 그에게서 지울 수 없는 만족과 여유가 자연스럽게 풍겨 나왔다. 결혼하고 나도 저렇게 행복했던 때가 있었는지 생각해 보았다. 안타깝게도 사라의 사납고 독살스런 모습만 잔뜩 아른거렸다.

"그래서 살 집은 다 알아본 거야?"

카일이 눈썹을 찡그리며 물었다. 주로 걱정이 있을 때 짓는 그의 오래된 버릇 같은 표정이었다.

'다른 필요한 건 없나요?'

사그라든 줄만 알았던 웨이트리스의 악착스러운 질문이 귓구멍 안에서 뱅뱅 맴돌았다.

"사실 걱정이야. 빚은 계속 늘어만 가고……"

나는 다 비운 맥주잔을 테이블 위에 놓으며 말을 계속했다.

"체이스는 아직 어리고. 앞으로 적어도 10년은 금전적인 지원을 해야 하는데 말이야. 게다가 나오미도 결혼을 원하는 눈치이고."

결혼 생각은 눈곱만큼도 없었지만 이 대목에선 반드시 집어넣어야 했다.

"지금 하는 일로는 돈을 모으는데 한계가 있을 텐데."

카일의 눈썹이 가운데로 한껏 더 모아졌다.

"그렇지."
"새로운 투자로 이익을 도모해 보는 건 어떨까?"
"나도 생각이 없는 건 아닌데, 딱히 어디에 투자를 해야 하는 건지도 잘 모르겠고. 부동산 투자는 너무 느리고 말이야. 그렇다고 요즘 유행병처럼 번지고 있는 가상화폐에 투자하기도 겁나고."
"데이트레이딩은 어때?"

잠자코 듣고만 있던 카일이 눈을 반짝이며 물었다.

"데이트레이딩?"

"당일치기 매매라고 할 수 있지. 인터넷에서 하루 동안 주식을 사고팔다가 그날 장이 마감하기 전에 대부분의 보유주식을 팔아 버리는 거야. 단기 시세차익을 노리는 거에는 딱이지."

어디서 들어본 것도 같았다. 하지만 어머니의 결여된 경제관념을 그대로 물려받은 나는 어떤 구체적인 개념도 서질 않았다.

"원한다면 내가 방법을 가르쳐 줄게. 어때?"

바로 이것이었다. 내가 필요한 건 카일의 직접적 도움이었다.

'다른 필요한 건 없나요?'

왜 없겠어, 라키쉰.
이번엔 네가 날 살릴 차례야.

5

나오미와 나는 새로 이사한 곳에서 비교적 빠르게 적응을 했다. 옆집에 사는 이란 출신의 노부부와도 인사를 나누며 원만하게 지냈다. 팰리새이드 파크는 브로드 스트리트를 중심으로 많은 레스토랑이 즐비했으며, 46번 도로와 가깝게 연결되어 있어 뉴욕 맨해튼 진입에 10분도 채 걸리지 않았다. 이름처럼 고불고불한 고지 로드를 타고 내려가면 유기농 식품을 구매할 수 있는 마트와 다양한 쇼핑몰도 쉽게 찾을 수 있었다. 나오미는 웨스트포트와는 다르게 지루하지 않아 즐겁다는 말을 나에게 여러 번 했다.

나오미가 팰리새이드 파크 주변 답사에 빠져 있는 동안 나는 하루 대부분의 시간을 컴퓨터 화면 앞에 앉아서 보냈다. Z 뉴스 네트워크의 프로젝트가 물거품으로 돌아간 마당에 카일과 함께 시작한 데이트레이딩은 마른땅의 단비와 같았다. 근래에 자잘한 일거리로 벌어들이는 소득 외에는 별다른 수입이 없었기 때문이었다.

적어도 대형 프로젝트 의뢰가 들어오기 전까지는 여기에 많은 시간을 할애할 수밖에 없었다. 오전 9시부터 오후 5시까지 꼼짝없이 직장에 붙어 있어야 하는 카일은 나에게 모든 매매 결정을 맡겼다. 내 형편을 파악한 카일은 투자금 명분으로 돈까지 빌려주었다. 나는 남은 차익의 얼마를 떼어 낸 금액을 카일에게 커미션 비슷하게 지급하기로 약속했다.

이런 게 엘렉트라가 말했던 카르마라는 건가?

내 주변에 온통 빨간불이 켜졌을 때 즈음 오히려 위기가 기회로 전환된 것만 같았다.

"아직 카르마에 대한 인식이 많이 부족하군요."

적색과 녹색의 숫자로 촘촘하게 도배된 컴퓨터 화면에 코를 대고 앉아 있던 중이었다. 놀란 나는 소리가 나는 방향을 향해 휙 고개를 돌렸다. 역시 엘렉트라였다.

"비밀 번호는 어떻게 알아낸 겁니까? 설마 고배율 망원경이라도 이용해 우릴 감시하는 건 아니겠죠?"

중국인 집주인은 열쇠로 여는 잠금장치 대신 현관문에 키패드가 달린 최신형의 디지털 출입문 자물쇠를 달아 놓은 상태였다.

"새로 이사한 집이 좋은데요? 위치도 괜찮고, 빛도 잘 들어오는 데다, 생각보다 조용하 군요."

엘렉트라는 딴청을 부리며 말했다.

"어머니의 죽음은 어떻게 알게 된 겁니까?"

난 다짜고짜 벼르고 있던 질문을 던졌다.

"당신의 도서관에 꽂힌 책들의 존재에 대해 벌써 잊은 건가요? 과거와 현재를 비롯해 미래에 관한 기록까지 망라한 방대한 분량인데."
"그 뜻은 내 허락도 없이 도서관을 맘대로 들락거리며 보고 싶은 기록을 염탐한다는 건가요?"
"꼭 그런 건 아니에요."
"그럴 수도 있다는 이야기처럼 들리는군요."
"여러 번 말했지만, 당신에게 도움을 주는 것이 내가 맡은 일이자 도의적 의무예요. 당신에게 해가 되는 일은 하지 않는다라는 점을 분명히 하죠."
"도의적 의무라고요?"
"그래요. 저스틴 브라우닝의 삶이 당신의 마지막이 아니니까요."

나는 "으흠!" 하고 가벼운 헛기침을 뱉었다.

"질문 하나만 합시다. 언젠가 저스틴 브라우닝이 죽고, 멀리 중국에서 '리난 퀴'로 태어난다고 칩시다. 당신은 여전히 엘렉트라로 리난 퀴를 찾아가는 겁니까?"
"미래에 대해 알고 싶은 거로군요. 확실한 건 당신은 절대 리난 퀴로 태어나지 않는다는 거예요. 리난 퀴는 현재 이 집주인이기도 하니까요."

나는 순간적으로 입을 다물었다. 엘렉트라의 탁월한 능력에 감탄하지 않을 수가 없었나. 어셈 이도록 속속들이 조사할 수 있단 말인가.

"그, 그래서 당신은 엘렉트라인 겁니까?"
"이렇게 설명하죠. 당신이 지금 이 순간 저스틴인 것처럼, 나도 이 순간은 엘렉트라예요. 이제 좀 이해가 가나요?"

이해가 가고 말고도 없었다. 지극히 당연한 말이었으니까.

"그렇다면 전에 했던 이야기들을 더 자세히 해 봐요."
"여전히 궁금한 점이 많군요. 이해 못 하는 건 아니에요. 좋아요. 약속은 약속이니까."
"진정 내가 외계인이었단 말입니까?"

"외계인의 입장에서는 지구인도 그들의 외계인이죠. 설마 이 광활한 우주에 유일한 인간형 생명체는 오직 지구인이라고 믿는 건 아니죠? 지구인이든 외계인이든 껍데기일 뿐이에요. 우리 영혼의 긴 여행을 위한 운송 수단이라고나 할까요? 적절한 비유였나요?"

"그럼 다음 생에는 비행접시를 타고 지구를 방문할 수도 있다는 소립니까?"

"그럴 수도."

엘렉트라는 말을 아꼈다. '미래'에 관한 구절이 나오기만 하면 늘 그랬다.

"사후 세계는 어떻게 된 겁니까? 천국도 지옥도 다 꾸며낸 동화 속 인어공주 같은 건가요?"

"세상에 존재하는 모든 신화는 사실을 기반으로 인간들이 기술한 이야기예요. 단지 그 내용을 전달하는 과정에서 오해와 착오가 거듭해서 되풀이된 게 지금의 신화이고, 종교 속 스토리죠. 아 참, 예수와 석가모니는 실존했던 인물들이에요. 인어공주도 마찬가지이고요. 왕자와 사랑에 빠진 부분만 빼면 말이죠. 전에도 말했지만, 죽음은 끝이 아닙니다. 껍데기의 유효기간이 만료된 것뿐이죠. 우리의 영혼은 절대 꺼지지 않는 등불처럼 영원해요."

"역사 속 사람들의 영생을 얻기 위한 노력들이 참 부질없게 느껴지는군요."

"그래서 깨달음이라는 과정이 있는 것이죠."

가장 절박한 질문이 남아 있었다.

"이번엔 체이스에 관한 질문을 하겠어요. 나와 부자 관계를 끊고, 결혼식에도 초대하지 않을 거라고 했었던."
"역시 미래가 알고 싶어 안달이군요. 미안하지만, 자세한 이야기는 하지 않는 게 좋겠어요."
"뭐요? 시작한 건 당신이야!"

나는 목소리를 높였다. 낚싯대도 없이 떡밥만 잔뜩 뿌려 놓은 격이었다.

"물론이죠. 난 당신을 도와야 하니까요."

엘렉트라는 느슨하게 올려 묶은 머리를 고정시킨 핀을 쑥 뽑았다. 그녀의 머리카락이 찰랑거리며 어깨 위로 후드득 떨어졌다. 엘렉트라는 핀을 검지와 중지 사이에 끼어 쥐고는 나를 향해 천천히 다가왔다. 한 뼘 이상은 되어 보이는 가늘고 기다란 핀은 겉을 금으로 얇게 입힌 듯 누런빛을 띠고 있었다. 핀이라기보다 바늘에 더 가까운 모양이었다.

저 길고 뾰족한 걸로 뭘 하려는 거지?
혹시!

나는 무의식적으로 목덜미를 한 손으로 감쌌다. 그러자 엘렉트라는 핀을 똑바로 들어 내 눈앞에 바싹 들이댔다.

"이게 바로 당신 영혼의 반응이에요. 자기 방어 장치라고나 할까요?"
"영혼의 반… 응……?"

나는 눈을 들어 엘렉트라를 쳐다보았다. 엘렉트라는 핀을 번쩍 들어 입술로 물었다.

뿌루퉁한 듯 앞으로 살짝 내민 그녀의 도톰한 핑크빛 입술.

거울로 확인은 하지 않았지만, 나는 얼빠진 표정을 짓고 있었음이 거의 분명했다. 엘렉트라는 양손으로 빗어 올린 머리카락을 한데 뭉쳐 잡더니, 손가락으로 몇 번 비비 꼬아 엇갈은 모발을 둥글게 빙빙 틀었다. 그러고는 입술 사이에 걸려 있던 핀으로 둥그렇게 만든 머리에 꽂아 고정시켰다. 올림머리를 완성한 엘렉트라는 나와 눈을 천천히 맞추었다. 그리고 무릎을 바닥에 대고 앉았다. 그녀가 눈을 감았다 뜰 때마다 하얀 속눈썹이 어린 새의 날갯짓처럼 파들거렸다.

왜… 왜 이러는 거야?
설마 오늘이 꿈에서나 그리던 그 날인 건 아니겠지?

나는 아래쪽이 뻐근해지는 것을 느꼈다. 나무껍질처럼 말라 버린 혓바닥에서는 모래 맛이 나는 것만 같았다. 엘렉트라는 내 오른 팔꿈치를 은근히 잡으며 말했다.

"발크쉬르 아키. 사와리오난 아퀴야 훈기토아군."

'변절자. 제물이 되어야 했을 가련한 영혼이여.'

―――

나는 양손으로 목을 감쌌다. 누군가가 일슴 께는 송곳으로 찔러대는 듯한 자극이 몰려왔다. 정확히는 왼쪽 갑상샘 바로 옆에 있는 목동맥 부근으로 알알한 느낌이 파장을 일으키고 있었다. 잠시 통증으로 정신이 산만해진 틈에 나는 벌써 도서관에 도착해 있었다. 눈부시게 하얀 테이블 위에는 두터운 책이 세 권이나 올려져 있었다. 보통 한 권이었던 지난 시간들과 다르게 말이다.

사서: 어서 오십시오. 기다렸습니다.

저스틴: 오늘은 책이 평소보다 많군요.

엘렉트라: 당신의 학습 효과를 높이기 위해선 이보다 훨씬 많을 수도 있어요.

사서: 시작할까요?

사서는 오른쪽에 있는 책부터 열기 시작했다. 책갈피를 넘기자 살며시 일던 미풍이 일약 세찬 눈바람으로 돌변했다. 온몸에 눈을 맞고 우두커니 서 있는 남자가 보였다. 그의 머리털은 물론이고, 눈썹과 속눈썹까지 눈꽃으로 하얗게 얼어붙어 있었다. 지팡이를 짚고 비틀비틀 걸어오는 늙은 여인이 나타났다. 여인의 모습 뒤로 동굴의 입구가 보였다. 긴 타원을 반으로 잘라 놓은 형태로 생긴 입구는 동굴 내부에서 피운 모닥불 때문인지 쩍 벌린 맹수의 뻘건 입안을 보는 것만 같았다. 어느새 동굴 안에 있던 사람들이 하나둘 모여들더니, 여인 옆으로 길게 줄지어 섰다. 여인은 남자를 향해 가까이 다가갔다. 그녀는 나무 지팡이를 휙 들어 올렸다. 그리고 남자의 가죽 넝마를 마구잡이로 헤집어 벗겼다. 어디서 본 적이 있는 인상적인 장면이었다.

저스틴: 전에 꾸었던 이상한 꿈에서 보던 광경과 비슷한 거 같은데.

엘렉트라: 그냥 꿈이 아니라 당신의 과거예요.

사서: 기원전 3349만 년 전입니다.

저스틴: 뭐라고요?

엘렉트라: 이미 알고 있잖아요. 억지로 거부하지 말아요.

저스틴: 말도 안 돼.

말이 안 될 법도 했다. 날이 퍼렇게 선 인상의 노파는 아버지 헨리였으며, 그 앞에서 벌벌 떨고 있는 남자는 나였다. 부족의 리더이자 '아쇼디'라 불리던 노파는 공동체의 모든 최종 결정권을 가진 막강한 권력을 가지고 있었다. 반면 성년식을 겨우 치른 '하무첸'이라는 이름의 나는 부족 어른들이 내린 결정에 군말 없이 따라야만 하는 하찮은 존재였다.

늙은이는 무작정 내 옷부터 벗겼어.
피하고 어쩌고 할 겨를도 없었다니깐.
어떻게 귀신 같이 알아챘는지,
나를 배신자라고 부르며 꽥꽥거렸지.
그래도 그때까진 거기서 그렇게 끝날 줄 알았어.
조금만 참고 기는 시늉만 하면
그쯤에서 일이 끝날 줄 알았다고.
그게 나의 크나큰 착각이었어.
늙은이는 머리에 꽂혀 있던 꼬챙이처럼 생긴 물체를
손에 움켜쥐더니
바로 내 목에 박아 넣었지.
평소 장신구 정도라고 생각했었는데,

그게 아니었어.
항상 몸에 지니고 다닌 살생용 무기였으니까.
늙은이의 솜씨는 대단했어.
지팡이 없이는 제대로 걷지도 못하는 노파라 상상도 못 했지.
늙은이는 두꺼운 바늘처럼 생긴 금속 막대를
목동맥에 정확히 찔러 넣었어.
나는 10초도 채 견디지 못하고 버둥대다 그 자리에서 숨졌지.

저스틴: 소름이 돋는군요. 어떤 공포 영화라도 이렇게 끔찍스러울 순 없을 거 같아요. 부인과 아버지 손에 한 번씩은 죽은 불쌍한 인생……. 이걸 어떻게 용납해야 하나요?

엘렉트라: 너무 절망하지 말아요. 아직 속단하긴 일러요.

저스틴: 본인 일 아니라서 참 간단하고 쉽군요.

엘렉트라: 서럽고 원통하다는 생각 이전에, 메발커스의 죽음에 대해선 어떻게 생각하나요? 메발커스가 아들 체이스인 건 마음에 걸리지 않나요?

저스틴: 그거야…… 나도 끝에 가선 죽었으니까…….

엘렉트라: 아쇼디가 하무첸을 보자마자 내질렀던 말을 기억해 봐요.

저스틴: 발크쉬르 아키?

엘렉트라: 알다시피 '변절자'라는 뜻이죠. 아쇼디 부족에서는 '변절자'가 '살인자' 보다도 더 악명 높은 최악의 인간상이었어요. 요즘 표현으로 '인간쓰레기' 정도라고 할 수 있을까요?

저스틴: 그렇다고 죽인단 말인가요? 자초지종을 묻기는커녕, 앞뒤 설명도 없이?

엘렉트라: 아쇼디는 알고 있었어요. 제물이 되었어야 할 사람은 괴물이 먹어 치운 메발커스가 아니라, 하무첸이라는 진실을 말이죠. 당신의 왼쪽 가슴 아래에 생긴 푸른 점이 그 증거이기도 했어요. 또한 괴물이 그 사실을 알아차리는데 오래 걸리지 않는다는 것을 아쇼디는 잘 알고 있었어요. 당신을 그대로 두면 괴물이 당신의 심장에 흐르는 푸른 피의 냄새를 맡고 달려오는 건 시간문제였으니까요. 아쇼디는 부족을 살려야 했어요. 혹시 당신의 죽창 날리는 솜씨가 메발커스보다 뛰어나다고 착각하는 건 아니겠죠?

저스틴: 메발커스가 잠시 꾸물거리지 않았다면 그의 죽창이 먼저 내 가슴을 관통하지 않았을까요?

엘렉트라: 메발커스는 꾸물거린 게 아니랍니다. 당신의 죽창 끝이 자신을 향하고 있다는 것을 간파하고 스스로 목숨을 포기한 거예요.

말문을 잃은 나는 침묵했다. 그 틈에 사서는 왼쪽 책을 열었다. 눈보라가 드세게 날리는 겨울 숲이 사라지고, 푸르른 하늘 아래 울긋불긋한 단풍으로 물든 전경이 펼쳐졌다. 작은 물살을 일으키며 강 위를 미끄러지듯이 나아가는 두 척의 카누가 보였다. 아메리카 원주민으로 보이는 두 명의 청년이 각각 노를 저으며 카누를 타고 있었다. 한쪽 무릎은 카누 바닥에 대고 다른 쪽 무릎은 세운 자세를 취한 두 청년은 기다란 노로 카누의 한편만 열심히 저어댔다. 그들은 마치 세기의 경주라도 벌이듯 눈을 부라리며 서로를 힐끔거렸다. 결승점에 가까워지자 둘의 노질은 더욱 빠르고 거칠어졌다. 승리는 덩치가 약간 더 큰 청년에게 돌아갔다. 경주에서 이긴 청년은 노를 머리 위로 번쩍 들고는 승리의 함성을 크게 질러댔다. 아쉽게 지고 만 다른 청년은 카누에 벌렁 누워 가쁜 숨을 푸푸 내쉬었다.

사서: 1615년 11월 9일입니다.

저스틴: 반칙입니다! 아부크시군의 간사한 혓바닥 때문에 진 거라고요!

엘렉트라: 아직도 결과에 승복을 못하고 있군요. 400년 가까이 지난 일인데.

저스틴: 4백 년이든, 4만 년이든 억울한 사건을 잊을리가요. 혹시 3400만 년 전 일로 복수전이라도 벌인 건가요?

엘렉트라: 농담이죠? 영혼의 카르마를 그런 식으로 해석해선 안 돼요.

저스틴: 동물 가죽과 모피 운반을 마치면 아부크시군과 나는 이따금 부족 마을이 있는 강둑을 결승점으로 삼아 카누 레이싱을 벌이곤 했었어요. 우리에겐 퀴니투크엇 강은 좋은 플레이그라운드 같은 곳이었어요.

엘렉트라: 퀴니피악 강의 옛 이름을 정확히 기억하는군요.

모든 기억은 소름이 끼칠 정도로 뚜렷하고 생생했다. '체이스와 나'는 '아부크시군과 에트체민'이라는 이름을 가진 친구 사이였다.

기원전 3349만 년 전 '메발커스와 하무첸'으로 묶인 상황과 비슷했다. 아부크시군은 카누 경주를 벌일 때마다 '카누 젓는 남자'라는 뜻의 내 이름을 놀려댔다. "이름값도 못하는 녀석!" 하고 내뱉는 모욕적인 우롱은 경주에서 빈번히 패하게 만드는 일등 공신이었다.

아부크시군과 나는 무척 친한 사이였어.
어린 시절부터 항상 붙어 다니며 말썽을 피우는 통에
부족 어른들에게 자주 꾸지람을 듣곤 했었지.
녀석은 '살쾡이'라는 이름에 걸맞게 잽싸고 유연해서
사냥에도 뛰어났어.
인색한 파자코크 족장조차도
아부크시군이야 말로 미래에 부족을 이끌어 갈 인물이라고
칭찬을 아끼지 않을 정도였으니까.
녀석에 대한 나의 미미한 열등감은
그쯤에서 시작했는지도 모르겠어.
덫 놓기, 나무 베기, 짐승 가죽 벗기기, 카누 제작,
제방 쌓기, 지붕 고치기……
내가 가진 모든 능력을 녀석의 것과 비교해 봐도
항상 녀석이 날 앞섰거든.
내가 녀석보다 조금 나은 게 있다면 눈치 빠른 재주 정도였지.
그 '재치'가 훗날 나를 살리기도 하고,
죽이기도 할 줄을 그때는 꿈에도 몰랐지만 말이야.

엘렉트라: 그렇다고 지난 일에 대해 후회할 필요는 없어요. 완벽해지는 순간 더 이상 인간이 아니니까요.

저스틴: '네덜란드 상인의 방문이 없었더라면.', '파자코크 족장이 더 현명한 결정을 내렸더라면.' 하는 아쉬움이 많이 남아서 그럽니다.

엘렉트라: 저스틴, '만약에'라는 생각이야말로 인간의 뇌가 만들어 낸 자기 합리화적 사고예요. 그리고 재차 강조하지만 네덜란드 상인이나 파자코크 족장, 혹은 그 어떤 제삼자에도 주목할 이유가 없어요. 기억해요. 당신이 보고 있는 건 순전히 당신의 기록이라는 것을.

저스틴: 아무리 그래도, 네덜란드 상인만 아니었다면 내가 영어를 배울 기회가 과연 있었을까요? 발단은 영어였던 겁니다. 새로운 언어를 빠르게 습득한 덕에 난 영국인들과의 무역에 나설 수 있었으니까요. 결국 통역사로 시작한 나의 역할은 가이드로, 나아가 협상 고문으로까지 확대되지 않았습니까?

엘렉트라: 당신은 지금 그 후에 생긴 사건들을 '영어 습득이 야기한 비극' 정도로 포장하려고 애쓰는군요.

저스틴: 포장이라뇨? 나는 사건을 논리적으로 재구성하려는 것뿐입니다.

엘렉트라: 당신과 아부크시군이 교역소에 물품을 전달하고 돌아오는 길에 납치된 경위가 영어로 발발한 사고였다는 주장을 하려는 건 아니겠죠?

아부크시군과 나를 납치한 영국인 존 파스코는
우리를 끌고 먼저 스페인에 갔다가
나중에 고향인 영국으로 돌아갔어.
존은 의사소통이 전혀 되지 않았던 아부크시군을
가죽과 모피를 취급하는 스페인 상인 집에 노예로 팔아 버렸어.
긴 여행과 낯선 땅에서의 생활로 몸이 약해진 나는
성홍열에 걸리고 말았지.
결국엔 뼛속까지 시리던 어느 추운 겨울,
19세의 나이로 죽고 말았단 말이야.
이래도 영어가 모든 문제의 발단이 아니라고 우길 수 있을까?

엘렉트라: 스페인에서 아부크시군이 노예로 팔려 간 시점에 대해 잠시 이야기해 보도록 하죠. 존 파스코는 애초부터 당신을 페드로 카스텔론에게 보내려고 구상했었어요. 아부크시군은 당신보다 가죽과 모피에 관한 더 많은 지식을 갖추었을 뿐만 아니라, 건강한 육체도 가지고 있었기 때문이었어요.

엘렉트라: 존에게는 아부크시군이 '쓸모 있는 물건'이었던 거죠. 당신이 맞았어요. 그 '재치'가 당신을 살리기도 했지만, 죽이기도 했거든요. 당신은 존과 페드로의 대화를 정확히 알아듣기 힘들었지만, 당신의 '눈치'는 이렇게 속삭였죠. '존이 너 대신 아부크시군을 데리고 영국으로 갈 거 같아.'라고. 영국에 가는 방법만이 다시 부족으로 돌아갈 수 있는 유일한 희망이라고 믿은 당신은 곧장 존에게 달려가 거짓말을 하죠. 아부크시군이 아픈 것처럼 보인다고. 당시 유럽인들에 의해 퍼진 질병으로 죽어간 아메리카 원주민들의 실상을 잘 알고 있던 존은 깊은 고민에 빠지고 맙니다. 유용하지만 생사를 장담할 수 없는 아부크시군이냐, 무용하지만 죽을 확률은 낮은 에트체민이냐. 결론은 아부크시군을 포기하는 것으로 일단락 짓게 돼었지만요. 여기서 논점은 존이 누구를 페드로에게 넘기고, 누구를 데리고 영국으로 돌아갔냐가 아니에요. 갈림길에 선 에트체민의 선택에 초점을 맞추어야 해요.

저스틴: 결국 나의 선택이 죽음을 초래했다는 거군요.

엘렉트라: 그렇다고 말할 수도 있어요. 삶의 굴곡과 사활은 당신의 자유 의지에 의해 생성되는 거니까요.

저스틴: 혹시 아부크시군은 어떻게……

엘렉트라: 내가 알려주지 않아도 빠른 시일 내에 알게 될 거예요. 당신은 이미 그를 만났으니까요.

나는 "그게 언제입니까?" 하고 바로 캐물을 셈이었다. 하지만 동작 빠른 사서는 내가 입 한번 뻥긋하기도 전에 가운데 책을 훨쩍 열었다. 내 입을 틀어막아 버릴 기세로 말이다. 곧바로 따갑게 내리쬐는 한여름 땡볕 아래 웅성거리는 아이들의 모습이 나타났다. 대략 일곱 살에서 열두 살 정도의 연령 집단으로 보이는 열댓 명의 소년들은 일렬로 줄을 서서 젊은 남자가 지급하는 동전을 받고 있었다. 열의로 가득 찬 소년들의 눈은 손에 쥐어진 동전보다 더 반짝반짝 빛났다. 남자가 "내일 이 시간에 다시 오겠어!" 하고 큰소리로 말하자 소년들은 빠르게 뿔뿔이 흩어졌다.

사서: 1888년 6월 21일입니다.

저스틴: 뉴저지주 웨스트 오렌지 타운 쉽. 현재 살고 있는 타운과 그리 멀지 않은 곳이군요.

엘렉트라: 저스틴 브라우닝 바로 이전의 삶이기도 하지요.

저스틴: 이번엔 조금 색다르군요. 연속으로 미국 동부에 있는 가정에서 태어났다니.

엘렉트라: 지역, 성별, 인종 등은 환생 조건에 그다지 중대한 요소가 아니라서 그래요. 환생 직전 당신은 오직 '다음 인생에 주어진 임무를 완수할 수 있는가'라는 목표 의식에만 집중하게 되죠. 그 의식에 기반을 두고 부모도 선택하게 됩니다.

이제는 태어나기 전 부모를 결정한다는 설도
아무렇지 않게 떠드는 건가.
키리가 어머니로, 아쇼디가 아버지로 환생했다는 건
그렇다 치고……,
프레드는 어떤 근거로 자기 부모를 골랐다는 말인지…….

엘렉트라: 당신이 집중해야 할 부분은 '기원전 3349만 년 전의 메발커스와 하무첸', '17세기의 아부크시군과 에트체민', '1888년의 조셀린과 프레드', 그리고 '21세기의 체이스와 저스틴'의 관계예요. 그래도 궁금하다니 보충 설명을 하도록 하죠. 심도 있는 학급 회의를 통해 당신의 다음 파트너로는 이웃 주민이 알맞다는 결정을 짓습니다. 당신을 조금 먼 지점에서 이끌 수 있는 역할이 적합하다는 판단에 의한 최종 결론이었어요. 이웃 관계에 초점을 맞추다 보니, 당신의 선택 카드는 점점 줄어들었죠. 그 결과, 미국 동부에 거주하는 중산층 부부가 후보 중 하나였던 것입니다. 이전에 기획된 친구 관계는 그다지 성공적이지 못했어요.

엘렉트라: 물론 모든 결정은 수십만 번의 논의와 토론 끝에 내리게 됩니다. 하지만 그 결단이 항상 맞다는 보장도 없어요. 그게 바로 진정한 배움의 과정 아니겠어요?

저스틴: 내 귀엔 최고의 복불복 게임처럼 들리는군요.

엘렉트라: 아주 넓은 의미로 현실에서 벌어지는 모든 일들이 게임의 일부분이라고 말할 수도 있겠지만, 영혼의 여정엔 복불복이란 존재하지 않아요.

소위 '전류의 전쟁'이라 불리던 긴장 속에 토머스 에디슨과 니콜라 테슬라의 팽팽한 신경전은 날이 갈수록 심해지고 있었다. 그 와중에 등장한 해럴드 브라운은 테슬라의 교류 고전압 주장을 조목조목 반박했다. 에디슨의 원조까지 등에 업은 해럴드는 '교류 고전압은 틀리고, 저전압 직류 전기 분배가 맞다.'라는 이론을 검증하기 위해 무리수까지 두는 과욕을 부리게 되었다. 그는 사촌 조지 로이드에게 실험을 위한 동물을 구해줄 것을 부탁했다.

평소 나태하기 짝이 없던 조지는
쉽고 간단한 방법을 고안해 냈어.
동네 아이들에게 동전을 쥐어 주며
떠돌이 개들을 산 채로 잡아 오라고 했지.
개 한 마리당 동전 하나를 더 얹어 주겠다는 흥정에

Mr. Browning

미련스럽게 집으로 돌아갈 꼬맹이들이 있겠어?
아이들은 서로 돈이 생기는 즉시
구입할 물건들을 신나는 노래처럼 불러대며
들개 사냥에 나섰지.
나도 예외는 아니었어.
올드 인디언 로드 코너에 있는 사탕 가게에서
풍선껌과 버터스카치 캔디를 살 수 있다는 상상에
들뜬 마음을 가라 앉히기 힘들 정도였으니까.
그런데 개를 포획하는 일이란 생각보다 쉽지 않았어.
경계심이 많은 개들은
조금만 가까이 다가기도 멀리 도망을 가거나,
날카로운 이빨을 드러내고 으르렁거리기 일쑤였지.
하루가 지나고, 이틀이 지나고,
삼 일이 지났지만 나는 단 한 마리의 개도 잡을 수가 없었어.
이미 두세 마리씩 잡은 다른 아이들은 조지에게 받은 돈으로
내가 원했던 풍선껌과 버터스카치 캔디는 말할 것도 없고,
아이스크림까지 사 먹었어.
난 마음이 급해졌지.
아침 식탁에서 아껴 두었던 소시지 조각으로 유인도 해 봤어.
모자 공장 창고 건물 뒤에 숨에 기다리기도 하고.
또 어떤 날은 스미더씨가 버린 그물을 던져도 보았어.
하지만 번번이 허탕이었지.
하기야 일곱 살짜리 꼬마가

세상 물정을 다 파악해 버린 성견을 잡은 다는 자체가
과한 도전이었어.

엘렉트라: 그래도 일곱 살짜리 꼬마는 앞집에 사는 조셀린의 애완견을 훔치는 아이디어를 내는 데는 무리가 없어 보이는군요. 애완견 '티피'를 풍선껌과 버터스카치 캔디와 맞바꾼다는 셈이 어린 프레드의 관점에서는 타당했으니까요.

저스틴: 어린아이가 조급한 마음에 저지른 실수였어요.

엘렉트라: 티피는 단순한 애완견이 아니었어요. 아들의 사망 충격으로 심한 우울증을 앓던 조셀린을 살린 개었어요. 그녀의 작은 영웅이자, 제2의 아들이었죠. 마을 사람들도 다 아는 유명한 사연이었을 텐데.

저스틴: 맞아요. 어머니가 이웃들과 이야기를 주고받는 것을 들은 기억이 있어요.

엘렉트라: 저스틴, 방어 태세를 취할 필요 없어요. 앞서 경험한 '메발커스와 하무첸', 그리고 '아부크시군과 에트체민'의 삶을 통해 당신의 이해의 폭을 조금 넓혔던 것처럼 '조셀린과 프레드'의 역할이 서로에게 미치는 영향력을 객관적으로 바라볼 수 있는 기회를 얻는 것뿐이에요.

엘렉트라: 프레드의 주체를 당신과 분리된 독립적 개체로 관찰하도록 노력해 보세요.

나와 분리된 독립적 개체. 말처럼 쉽지가 않았다. 의도적이진 않았지만, 프레드는 티피의 실종에서 절대 자유로울 수가 없었기 때문이었다. 조셀린은 여느 때와 같이 집 앞 현관에 놓인 의자에 앉아 있었다. 그녀는 철 지난 〈레이디스 홈 저널〉 잡지를 획획 넘기며 무료한 시간을 달래는 중이었다.

**조셀린의 무릎에 엎드려 있던 티피도
심심하고 지루하긴 마찬가지였어.
대부분의 시간을 조셀린의 펑퍼짐한 허벅지나
물렁거리는 배 위에서 보내야 했으니까.
나는 앞마당에 심어진 떡갈나무 기둥에 기대고 앉아
조셀린이 잠들 때까지 기다렸어.
그녀는 종종 코에 걸린 돋보기안경이 흘러내리는 줄도,
심지어 들고 있던 잡지책이 손에서 떨어져
현관 바닥에 나뒹구는 줄도 모르는 채
깊은 잠에 빠지곤 했었거든.
나는 그 순간이 오기만을 기다린 거야.
행운의 날이었을까?
그날 오후, 조셀린은 내 바람대로 잠이 들었어.
나는 옆에 놓아두었던 빌보 캐처(Bilbo Catcher)를**

얼른 손에 쥐고 일어났어.
그리고 힘껏 위로 던진 공을 받는 놀이에 열중했지.
대략 여덟 번째 공을 받았을 때였어.
졸고 있던 티피가 탁탁대는 소리에 깨어났어.
나는 곁눈질로 티피를 계속 감시하며
얼마간 더 빌보 캐처 놀이를 했어.
역시 내 예상대로 였어.
살찐 허벅다리 위에 배를 붙이고 있던 티피가
드디어 몸을 일으킨 거지.
나는 이때다 싶어
주머니 속에서 말라 붙은 베이컨 한 조각을 꺼내 들고는
깃발처럼 흔들었어.
티피는 곯아떨어진 조셀린의 얼굴을 몇 번 확인하더니,
곧 현관에서 내려와 나를 향해 힘차게 달려왔지.
더 정확히는 내 손에 쥐어진 짭짤한 베이컨을 향해.

엘렉트라: 프레드의 냄새에 친근한 티피를 품에 안고 조지를 만나러 공원까지 가는 건 어렵지 않은 일이었어요. 머릿속이 각종 사탕들로 꽉 들어차 있는 당신과 마찬가지로, 티피 또한 베이컨 맛이 감도는 당신의 손가락을 핥으며 또 하나의 기적을 기다렸죠. 당신의 낙관적 몽상은 곧 다음 장애물에 직면하고 말아요. 깨끗하게 잘 정리된 털과 목에 걸린 개 목걸이를 발견한 조지가 질색을 하며 티피를 받지 않았기 때문이죠.

엘렉트라: 조지는 게을렀지만, 신중한 성격의 사람이었어요. 당신은 길에서 발견한 주인 없는 개라고 우겼지만, 만일에 발생할 수 있는 물의에 대비한 조지는 끝까지 거부했으니까요. 아울러 당신의 기대 속에서 종류 별로 가득 채워지던 사탕들도 우르르 사라져 버리죠. 꼭 산처럼 솟아오르다 바위에 부딪혀 산산이 부서지는 파도 같지 않나요?

저스틴: 어리석었다는 건 인정합니다. 생일이나 크리스마스에 맛볼 수 있던 사탕에 맘을 홀딱 빼앗긴 건 사실이니까요. 어린아이였잖아요.

엘렉트라: 티피의 운명에 대해 전혀 몰랐다는 해석으로 들리는군요. 하지만 랄프와 윌리의 대화를 엿듣지 않았나요? 못 들은 척했을 뿐이었죠. 당신은 동물 실험에 관한 어렴풋한 개념을 이미 상상하고 있었어요.

나는 멀미를 느꼈다. 엘렉트라의 사정없는 칼질에 온몸은 물론이고, 정신까지 너덜너덜해지는 느낌이었다. 분명 평소와 비슷한 강도의 공격이었음에도 불구하고 말이다.

재수 없이 랄프와 윌리 하고 마주친 게 문제였어.
나는 모든 걸 포기하고
티피를 조셀린에게 돌려주려고 했단 말이야.

특히 윌리.
그 녀석은 스스로를 '들개 사냥꾼'이라고 부르며
건들거리고 돌아다녔지.
놈의 손에 잡힌 개들만 해도 족히 대여섯 마리는 되었을 거야.
나빠도 그놈이 더 나쁜 놈이지!

엘렉트라: 저스틴, 윌리의 과거는 그가 해결해야 할 과제예요. 지금은 프레드의 생에만 몰두해야 해요.

저스틴: 난 두려웠어요. 티피를 훔쳤다는 사실을 조셀린, 내 부모와 이웃, 그리고 학교 선생들과 친구들까지 알게 될지도 모른다는 사실이 불안했어요. 윌리 녀석이 확인한 답시고 안고 있던 티피를 붙잡지만 않았어도…….

엘렉트라: 열두 살의 윌리를 겨우 일곱 살 먹은 프레드가 힘으로는 당해낼 순 없었겠죠. 여기서 깊이 들여다보아야 할 점은 '두려움'이에요. 당신의 두려움은 단순히 무섭다는 느낌으로 끝나지 않고 거짓말을 양성해 내거든요.

'잠깐만, 조셀린의 개 아니야?'
'무… 무슨 소리야……. 난 조셀린의 개를 본 적도 없어.'
'정말?'
'조셀린과 개는 집 안에서 나오지도 않아.'

'그럴까?'
'이 개는 길을 걷다 발견한 거야.'
'진짜로?'
'곧… 주인을 찾아 줄 생각이야.'

윌리와의 대화가 바로 어제 일처럼 생생했다.

엘렉트라: 마치 세포 배양을 하듯이 하나의 거짓말에서 분열된 거짓말이 또 다른 거짓말을 계속해서 증식시키는 과정이라고 설명할 수 있겠어요.

저스틴: 자꾸 옆에서 추궁을 하는 데다, 처음엔 관심 없던 랄프까지 가세하는 바람에 너무 당황해서…….

주근깨 가득한 윌리의 붉은 얼굴이 선했다. 윌리의 질문에 "아니야." 하고 대답을 하면 할수록 그는 점점 가까이 다가왔다. 한쪽 입꼬리를 올린 채 씰룩대는 특유의 표정을 지으며 그는 움켜쥔 왼주먹을 오른 손바닥에 탁탁 쳐 댔다. 그의 행동은 '마무리되지 않은 일을 처리하겠다.'라는 의지를 보여 주는 것이었다.

**윌리는 티피의 목걸이를 발견하자마자
이름표를 확인하겠다고 내 팔을 세게 거머잡았어.
무척 아팠지만 나는 사력을 다해 티피를 껴안았지.**

거기에 랄프까지 거들기 시작했어.
티격태격 몸싸움이 벌어졌어.
그러는 사이에 티피는 어디론가 도망가 버리고 말았지.
나는 서둘러 티피 뒤를 쫓아갔지만
녀석의 모습은 온데간데없이 사라져 버렸어.
다급했던 나는 티피의 이름을 크게 부르며
타운 구석구석을 헤매고 돌아다녔어.
갈증으로 목이 타들어 갔지만,
티피를 반드시 찾아야 한다는 생각에 꿋꿋하게 참았다고.
그렇게 더위에 지쳐 허청거리며 걷고 있었을 때야.
공터 옆을 지나고 있는데
크고 시커먼 게 내 주위를 천천히 맴돌고 있다는 걸 느꼈어.
처음엔 근처 농장에서 도망친 송아지인 줄 알았어.
그런데 자세히 보니 개였어.
아래로 축 늘어진 귀, 짧고 두꺼운 목, 거대한 몸집.
소문으로만 듣던 개.
곰과 혈투를 벌인다는 마스티프였어.
누런빛을 띠는 녀석의 갈색 눈이
이상하게 소용돌이치는 게 느껴졌어.
두려움도 경계심도 잃은 것만 같은 녀석은
뾰족한 송곳니를 드러내며 아주 낮게 으르렁댔어.
녀석의 아래턱에선 끈적한 침이 폭포수처럼 줄줄 흘러내렸지.
어린 나였지만,

본능적으로 알 수 있었어.
녀석은 제정신이 아닌 '미친개'라는 걸.

엘렉트라: 서커스단에서 벌인 불법 투견장에서 탈출한 개였죠. '몬스터'라고 불리던 개는 서커스단에서 사육하던 다른 맹수들과 싸우는 일이 주임무였어요. 서커스단에서 간신히 달아났지만, 얼마 지나지 않아 광견병 바이러스에 감염되고 말아요. 그 후 몬스터는 이상 행동을 보이기 시작하죠.

저스틴: 그 이상 행동 중 하나가 나를 공격한 것이었군요.

엘렉트라: 불행히도.

저스틴: 그렇게 광견병에 걸린 나는 정신 이상과 같은 신경 이상 증상에 시달리다 결국 호흡 장애로 사망했군요.

엘렉트라: 이쯤에서 조셀린의 역할에 대해 살펴볼까요?

저스틴: 앞집에 살던 살찐 이웃 여자가 어째서 내 아들로 태어난 겁니까?

엘렉트라: 조셀린에게 티피는 아들과 같은 존재였어요.

엘렉트라: 여기서 '아들'이란 그 단어가 상징하는 의미보다는 '무조건적인 사랑'을 전달하는 개체로 이해해야 해요. 단순하게 '티피의 실종, 그리고 프레드의 죽음'이라는 결말로 끝맺음을 한 불행한 삶이라고 생각하지 않길 바라요. 요점은 '무조건적인 사랑'이 무엇인지 배우는 과정이니까요. 가장 효율성 높은 자율 학습법으로는 소중한 것을 잃게 하는 방법이 있죠.

잔인했다. 악랄하기까지 했다. 엘렉트라의 해설대로라면 이혼의 근본적 이유는 체이스를 나에게 떼어놓기 위한 예행연습이었단 말인가. 불현듯 이혼 전후로 내 주변을 맴돌았던 여성들이 하나씩 떠올랐다.

제시카,
에린,
안드레아,
질리…….

특히 에린이 나의 주목을 끌었다.

윌리?
그럼 그렇지!
옆에서 못된 계략을 꾸미는 전문가였어.

에린은 이혼 과정에 있어 결정적 역할을 한 인물이었다. 과거 독극물을 정성스럽게 바른 칠면조를 제공한 경력 또한 빼놓을 수 없었다.

"휴메키소아휘 즈반아세이쉬. 이히호완카이호 사룬이차유오."

'점점 우등생이 되어가고 있군요. 시간이 지날수록 깨달음의 폭도 넓어질 거예요.'

소리 없이 다가온 엘렉트라가 나의 어깨 위에 손을 사뿐히 올렸다. 그러자 기이한 장면이 삽삭스럽게 진개되었다. 희야게 발광하던 도서관이 자취를 감추고 희미한 회색빛 공간으로 교체되었다. 마치 거대한 종이 접기가 벌어지는 현장을 방관하는 것만 같았다. 입체적으로 보이던 도서관은 그 차원조차 헤아릴 수 없는 기괴한 공간으로 일변했다. 나는 입만 크게 벌린 채 석상처럼 굳어 버리고 말았다. 회색 공간 안에는 아무것도 없었다. 텅 빈 공간이었다. 그 사이 엘렉트라와 사서의 모습은 먼지처럼 아주 작은 입자의 형태로 변해 있었다. 무규칙적으로 깜박이는 입자 알갱이들은 무작위 패턴을 형성하기 시작했다. 마치 안테나 수신기에 의해 송신 신호가 얻어지지 않을 때 아날로그 텔레비전 화면에 나타나던 전자기 잡음과도 비슷한 모양이었다. 처음 보는 광경이었다. 나는 아주 잠깐 동안이었지만 길을 잃었을지도 모른다는 위기감에 심장이 멎는 듯한 느낌을 받았다.

'빛이 사라지는 곳으로 나아가요.'

엘렉트라의 몽롱한 목소리가 메아리처럼 울렸다. 나는 나무토막처럼 멀거니 서서 그녀의 목소리가 들려오는 방향을 향해 귀를 기울였다. 한 번, 단 한 번이었다. 엘렉트라의 음성은 더 이상 들리지 않았다.

빛이 사라지는 곳이라고?

나는 그 크기조차 가늠할 수 없는 회색 공간을 천천히 휘둘러보았다. 색채의 농담 차이를 흐릿하게나마 식별할 수 있었다. 나는 회색 명암이 어두워지는 방향으로 숨을 죽인 채 걸었다. 열 발자국도 옮기지 않은 것 같았다. 검은 벽처럼 느껴지는 부분이 나타나자 그곳을 통과해야 한다는 충동 감이 거세게 일었다.

'허니, 나 왔어.'

나오미의 음성이 가냘프게 들려왔다. 검은 벽 건너편에서 들리는 소리라는 직감이 더욱 강해졌다. 나는 검은 벽을 향해 팔을 뻗었다. 그러자 벽 안쪽으로 손이 쑥 들어갔다.

마치 거인 나라의 파운드케이크 속으로 들어가는 기분이랄까? 달콤하고 아늑한 것이 나쁘지 않았다. 나는 그제야 부스러진 쌀알 같은 형체의 손과 팔이 근육과 피부 조직을 갖춘 유기체로 굳어지는 과정을 똑똑히 목격할 수 있었다.

'일하고 있는 중이야?'

이번엔 나오미의 목소리가 훨씬 또렷하게 들려왔다. 심장 박동이 빨라지는 것이 느껴졌다. 두근거리는 가슴을 진정시키기도 전이었다. 빼꼼 열린 방문 사이로 쑥 내민 나오미의 얼굴이 보였다.

"뭐 해?"
"으… 웅!"

나는 그제야 알아차렸다. 검은 벽을 통과해 어느덧 작업실로 돌아왔다는 사실을. 나는 신속히 시선을 움직여 팔, 다리, 몸이 제대로 붙어 있는지 확인을 했다.

"왜 그래? 무슨 일 생겼어?"

나오미가 미간을 살짝 찡그리며 물었다.

"아니야. 전혀! 엥글우드 클리프스 다운타운은 어땠어?"

"아기자기하던데? 다음에 함께 가."

나오미는 곧 "일하는데 방해가 되었다면 미안해."라고 말을 덧붙이고는 방문을 닫았다. 나는 나오미의 발소리가 멀어지는 것을 확인한 후 의자에 털썩 주저앉았다. 꿈도 아니고 현실도 아닌 이 상황을 '믿어야 해!'라는 울림과 '정신과 의사를 찾아야 해!'라는 외침이 여전히 치고받으며 싸우고 있었다. 엘렉트라가 찾아올 때마다 발발하는 갈등이었다. 나는 소란스럽게 술렁이는 마음의 소리를 가까스로 잠재우고 전에 엘렉트라가 건네 준 종이를 꺼냈다. 그리고 오늘 확인한 세 명의 이름을 조심스럽게 기록했다.

수마나쿤
오스윈 브라이스 프라이싱톤
보나
하무첸
에트체민
프레드 아우구스투스 헤링

제각각인 여섯 개의 이름. 이름만큼이나 저마다 따로따로 인 여섯 얼굴들. 눈앞에서 이리저리 빙빙 돌고 있는 여섯 쌍의 눈알이 나의 눈을 차갑게 응시했다. 아무리 회피하려 시선을 위아래로 돌려도 그들의 눈길은 나에게서 조금도 빗나가지 않고 계속 주시하고 있었다.

Mr. Browning

십만 번이 넘는 환생 중 겨우 여섯 사례를 확인했을 뿐이야.
여섯 건 중에는 어머니도 있었고,
사라, 체이스, 카일, 질리언, 에린······.
게다가 딱 한 번 만난 곤잘레스까지
내 인생에 들러붙어 개입하고 있었어.
앞으로 누굴 더 보여 주려고 하는 걸까?
엘렉트라도 내 전생 속 인물 중 하나였음이 분명해.
어떤 사람이었을까?
왜 하필 그녀인 것일까?

휴대전화에서 문자 메시지가 도착했음을 알리는 소리가 들렸다.

　　주식 시장 상황 체크했지? 큰일인데.

카일이었다. 오후 내내 시장 정세는 전혀 확인하지 못한 현실이 날 마구 흔들었다. 실상은 충분히 발하지도 못하고 요절한 다수의 전생보다 더 참혹했다. 컴퓨터 화면을 가득 채운 숫자들 앞에는 파산을 암시하는 마이너스 부호가 못된 뿔처럼 달려 있었다. 나도 모르는 사이에 피눈물이 눈앞을 붉게 물들였다.

6

곤두박질하는 주식 시장은 도무지 회복할 기미가 보이지 않았다. 반짝 오름세를 보이던 것도 잠시, 시장의 동향을 대변하는 그래프는 그 끝을 알 수 없는 캄캄한 지하 세계로 급강하 중이었다.

하루하루가 지옥 같이 느껴졌다. 그동안 시세 차익으로 번 돈뿐만 아니라, 카일의 투자금까지 홀랑 날아가 버린 상태였다. 혼자 끙끙대며 고민했지만 이 위기 상황을 뚫을 수 있는 어떤 비책도 떠오르지 않았다.

"걱정거리라도 있어? 안색이 안 좋아 보이는데……."

베이글을 오븐 토스터에서 급하게 꺼내던 나오미는 내 얼굴을 힐끔 쳐다보며 물었다. 그녀는 까맣게 타버린 베이글을 확인하더니 곧장 쓰레기통에 던져 넣었다.

Mr. Browning

"왜 버리는 거야!"

나는 버럭 소리를 질렀다.

"탔으니까."

"탄 부분만 대충 잘라 내면 먹을 수 있잖아! 당신의 낭비 습관은 생선 비린내처럼 몸속 깊숙이 배어 있어!"

"뭐라고?"

눈을 동그랗게 치켜뜬 나오미는 말을 채 잇지 못하고 내 얼굴만 빤히 바라보았다. 핏기가 싹 가신 그녀의 얼굴은 이내 벌겋게 달아올랐다. 나오미는 무슨 말이라도 하려는 듯 입술을 움씰거리더니 곧장 침실로 달려가 문을 쾅 닫았다. 얼마 후 침실 문이 벌컥 열리며 나오미가 나왔다. 굳은 표정의 그녀는 양손에 여행 가방을 들고 있었다. 나는 어딜 가느냐고 묻고 싶었지만, 끝내 아무 말도 하지 않았다. 나오미는 내게 눈길조차 주지 않고 그 길로 집을 나섰다.

솔직히 왜 그랬는지 모르겠다. 고작 1달러짜리 베이글이 버려지는 상황에서 그토록 화를 낸다는 것 자체가 우스웠다. 게다가 베이글을 태워 버린 장본인은 바로 나였다. 구태여 상황 정리를 하자면, '지극히 충동적인 반작용에 의한 오작동이었다.'라고 밖에 설명할 수 없었다.

베이글 사태가 있은지 5일이 지났지만 나오미는 돌아오지 않았다. 그녀는 휴대전화조차 받지 않았다. 화가 단단히 났음이 분명했다. 나는 식탁에 앉아 문자 메시지를 보냈다. 이미 보낸 메지지만 100개가 훌쩍 넘어가고 있음에도 불구하고, 그녀는 확인조차 하지 않고 있었다.

"나오미가 돌아오지 않을까 봐 애를 태우고 있군요."

엘렉트라였다. 그녀의 피부 위를 물결처럼 감싸는 얇고 매끄러운 재질의 튜닉이 눈에 띄었다. 엘렉트라는 식탁 맞은편에 앉아 식어 가는 내 커피를 마셨다.

"돌아옵니까?"
"그녀는 당신을 위해 일부러 왔어요. 일종의 자원봉사 원조자라고 할까요?"
"그건 또 무슨 소립니까?"
"커피 맛 괜찮네요."

엘렉트라는 잔에 남아있는 커피를 마저 마신 후 말을 계속했다.

"본래 나오미 리핀스키는 당신과 직접적 관계를 맺고 있지 않은 영혼이에요. 즉, 당신이 속한 서클 멤버가 아니라는 뜻이죠."

"그럼 왜 내 옆에 있는 겁니까?"

"7년 전 오늘이었어요. 나오미와 당시 그녀의 남자 친구였던 라이언은 파티에 갔다 새벽 3시 가까이 되어서야 집으로 돌아왔어요. 파티 장소와 가까웠던 라이언의 아파트였죠. 나오미는 라이언의 권유로 위험한 실험에 도전해 보기로 합니다. 이미 많이 취해 있는 상태였음에도 불구하고 말이죠. 절정에 오른 환락이 어떤 기분인지 궁금했거든요. 둘은 생애의 최대 실수를 저지르고 말아요. 옥시콘틴과 보드카, 그리고 맥주 2병의 치명적 조합은 둘을 의식이 불명한 혼수상태에 빠지게 만들어 버렸죠. 다음날 가족들에 의해 발견되었을 때 이미 라이언은 사망한 상태였어요. 숨이 겨우 붙어 있던 나오미는 응급실로 옮겨졌지만, 생명이 매우 위독했죠."

"처음 듣는 이야기인 걸요? 나오미는 그런 비슷한 이야기를 단 한 번도 한 적이 없어요."

"당연하죠. 거기까지는 지금의 나오미가 아니었으니까요."

"무슨 소리인지 도저히 이해하지 못하겠어요."

나는 머리가 어지러웠다.

"나오미가 거의 죽음에 이르자, 원래의 영혼은 육체에서 이탈할 준비를 했어요."

"육체 이탈이라고요?"

"기체의 결함을 발견한 조종사가 비행기에서 탈출하는 것과 비슷한 현상이라고 생각하면 쉬울 거예요. 그렇게 원래의 영혼이 빠져나가고, 그러자마자 현재의 영혼이 나오미의 육체로 뛰어든 것이죠."

나는 손으로 입을 막았다. 듣기만 해도 아찔한 현기증이 와르르 몰려들었다. 엘렉트라는 동요 없이 이야기를 연이어 나갔다.

"당신의 예상이 맞아요. 나오미의 현재 영혼은 당신의 서클 멤버입니다. '크로시프'라는 영혼이었죠. 당시 크로시프는 당신이 처한 상황을 안타깝게 여겼어요. 가까이서 돕고 싶었지만, 다시 아기로 태어나 당신과 만나는 일은 시간적 개념에서 상당히 낮은 확률이었으니까요. 그런데 황금 같은 기회가 온 것이죠. 크로시프는 기꺼이 꺼져 가는 나오미의 육신을 가지기로 결심했어요. 의식이 돌아온 후 그 육체가 어떻게 반응할지 장담조차 할 수 없는데 말이죠."

"누구입니까? 그 크로시프라는 영혼은?"

"날 따라와요."

엘렉트라는 그사이 자리에서 일어나 있었다. 나는 먼지 입자처럼 변한 그녀의 몸이 얼마 있다가 분진처럼 변화하는 과정을 지켜보고만 있었다. 마치 눈에 보이지 않는 투명 장벽 속으로 빨려 들어가는 것만 같았다.

나는 부스러기처럼 남아 공중에 둥둥 떠 있는 엘렉트라의 분신을 향해 걸어갔다. 어느 지점에 이르자 파동이 치는 듯한 에너지가 느껴졌다. 기운이 강해지는 분명한 위치를 집어낼 수 있었다. 손끝이 찌릿찌릿했다. 이미 내 몸의 일부가 돌가루처럼 작은 입자 형태로 탈바꿈 중이었다.

'빛을 향해 걸어와요.'

엘렉트라의 음성이 들려왔다. 청각이 아니라, 영감으로 느낀 그녀의 친절한 부름이었다. 길게 뻗은 듯한 회색 공간 끝에서 퍼지는 밝은 빛이 보였다. 나는 엘렉트라의 지시대로 빛을 향해 발걸음을 옮겼다. 상하좌우의 구분이 모호한 회색 공간은 걸어가는 방향에 따라 명암이 교차하며 움직였다. 마치 숨 쉬고 살아있을 뿐만 아니라, 나와 유기적으로 연결된 영역처럼 느껴졌다. 빛과 연결된 구간에 다다르자 몹시 가파른 경사의 긴 계단이 나타났다. 예전에 엘렉트라와 함께 오른 적이 있는 도서관으로 연결된 계단이었다. 곧이어 도서관 입구에 도달한 나는 안으로 들어갔다.

"라지뮤리안."

'어서 오십시오.'

사서가 인사를 했다. 테이블 위에는 미리 책이 올려져 있었다. 사서는 담담하게 책을 열었다. 마치 그동안 들추어내지 못했던 나의 기록을 공개하기만을 기다리고 있었다는 듯이 말이다. 갈피 끈으로 표시라도 해 두었는지, 사서는 어느 부분에서 책을 정확하게 펼쳤다. 도서관은 바로 그 즉시 농가가 즐비한 시골 마을로 바뀌었다. 농사일로 바쁜 농부들의 모습이 여기저기 눈에 띄었다. 사방에서 울려대는 가축의 울음소리, 새소리, 벌레 소리가 한데 어우러져 시끌시끌했다. 마을 논길 어귀에 지어진 닭장 안에 앉아 있는 한 남자가 나타났다. 허름한 차림의 남자는 꼬꼬댁거리는 닭들을 일일이 들어 올리며 무언가 열심히 찾는 모습이었다. 그가 찾고 있는 것은 부화 직전의 달걀도, 이웃 구연의 부인이 잃어버린 은가락지도 아니었다. 그것은 다름 아닌 '패공'이라는 이름을 가진 수탉이었다.

사서: 기원전 194년입니다.

저스틴: 중국 한나라 시대이군요. 황제가 죽고, 그의 부인 여치가 태후 자리에 올라 매우 혼란스럽던 기간이었죠. 나오미가 여태후가 아니라서 다행입니다.

엘렉트라: 농담도 하는 걸 보니 당신의 시각이 점점 객관적으로 접근하고 있군요. 상당히 발전한 모습이에요.

나는 긴장을 풀려고 노력했다. 여태후 시대라는 것을 깨닫는 순간부터 오금이 저린 듯한 초조한 기운이 나를 엄습했다. 당연한 일이었다. 여태후는 무시무시한 공포 정치를 펼치던 악랄한 여자가 아니었던가!

사서: 무오와 양진도 비슷한 심경이었습니다.

엘렉트라: 긴장할 거 없어요. 무오의 순간적 기지가 이끌어 낸 결과에만 주목하도록 해 봐요.

나오미와 내가 '무오와 양진'으로 살고 있던 시절이었다. 양진은 닭장 안에서 알을 품고 있는 암탉의 수를 세기 시작했다. 산기슭에 풀어놓은 닭들은 이미 확인을 마친 상태였다. 밭을 갈러 가는 도중 닭장 안에 앉아 끙끙대는 양진을 발견한 무오는 무슨 일이냐고 물었다. 양진은 수탉 패공이 밤사이 없어졌다고 걱정스럽게 사실을 알렸다. 그러자 무오는 이미 해가 중천인데, 패공이 밤새 없어졌다는 것을 어떻게 확신하냐는 논리를 폈다.

잠시 후 어떤 남자가 느닷없이 나타나 무슨 일이냐고 물었어.
무오와 내가 옥신각신하는 소리를
나무 뒤에서 몰래 엿들었던 거지.
폭정으로 구축한 권력의 존립을 불안해하던 여태후는
곳곳에 심복들을 보내어 민심의 동향을 감시하게 했었는데,

재수 없게도 놈이 그 악녀가 심어 놓은 스파이였어.
문제는 그 낌새를 전혀 눈치채지 못한 내가
"패공이 없어져 그런다!" 하고
바보 같은 소릴 놈 앞에서 하고 만 거야.
'패공'이 수탉 이름이라고 꿈에도 생각지도 못한 놈은
"어찌 죽은 황제의 옛 이름을 함부로 부르냐?" 하며
눈을 사납게 굴렸어.
결국 놈이 검집에서 검을 쑥 빼들게 만든 사태에 이르렀지.
놀란 무오는 짊어진 농기구를 내려놓고는
붉으락푸르락한 놈을 몇 발짝 떨어진 곳으로 데리고 갔어.
그리고 찬찬히 자초지종을 설명하기 시작했어.
"아이고, 살았다!" 했는데, 웬걸?
놈이 무오를 향해 다짜고짜 검을 휘두르기 시작하는 거야.
그러다 무오는 그 자리에서 칼에 맞아 죽고 말았지.

엘렉트라: 그 '놈'의 이름은 광지였어요. 무오가 광지에게 어떤 말을 했는지 알고 있나요?

저스틴: 쓸데없는 소릴 한 겁니다. 정말 왜 그런 건지.

엘렉트라: 정확히 어떤 쓸데없는 내용이었나요?

저스틴: 나를 가리키며 '저 사람이 닭을 기르는데, 수탉 대신 암탉이 새벽에 우는 바람에 황당하기 짝이 없어 저런다.' 하고 우스개 소릴 한 건데……

엘렉트라: 빈계사신. 암탉이 새벽을 알리느라고 먼저 운다는 뜻이죠. 광지는 무오의 말을 '여자가 정권을 손에 쥐고 정국을 어지럽힌다.'라는 의미로 이해하고 말았어요. 단순한 농은 아니었어요. 무오의 잠재의식 속에 심어져 있던 씨가 싹을 틔웠다고 할까요? 여하튼 닭의 이름을 문제 삼아 칼을 꺼내는 광지를 목격한 무오는 양진을 살려야겠다는 생각 했어요. 양진은 한 여자의 남편이자 세 아이의 아비지였기드요. 반면 노총가 무오는 몇 달 전에 홀어머니 상을 치른 후 혼자 살고 있었어요. 양진의 생명이 더 소중하다는 판단을 한 거예요. 아주 아주 짧은 순간이었지만 말이죠.

저스틴: 부양가족이 있다는 것이 주된 이유였던 겁니까?

엘렉트라: 거기에서 시작된 무오의 무의식이 만들어 낸 행동이었죠. 부양가족은 하나의 수단이었으니까요. 성공적으로 마쳐야 할 당신 인생의 방향 제시를 위한. 그의 영혼은 그것을 명확히 읽고 있었어요. 용기 있을 뿐만 아니라, 목표 의식이 확실한 영혼의 과단성 있는 결정이었어요.

나는 의문이 생겼다. 무오와 양진은 가족도 아니었고, 친구도 아니었으며, 의형제를 맺은 관계는 더더욱 아니었다. 그저 마을에서 오고 가며 인사 정도 나누는 사이였다.

왜 그랬을까?
차라리 그때 광지의 칼날에 죽었다면
훗날 가족을 버리고 홀로 고향을 떠나는
양진의 인생이 그려지지도 않았을 것을!
하기야 몰랐으니까 그랬겠지만.

엘렉트라: 기회. 무오는 양진에게 기회를 준 거예요. 목숨을 잃을 뻔한 고비에서 살아남은 양진이 가정을 성실히 건사하는 삶을 살 수 있는 절호의 찬스 말이죠. 사람들은 코앞에 떨어진 소중한 기회를 제대로 잡지 못해요. 놓치는 것이 다반사랍니다. 그렇게 흘러가 없어져 버린 기회는 다음 삶에서 기다리고 있어요. 회귀 본능과 비슷하죠. 그게 바로 만물의 법칙이자, 우주의 법칙이니까요.

저스틴: 나오미…… 돌아오는 거죠?

엘렉트라: 나오미 걱정은 하지 말아요. 그녀는 당신의 어긋난 축을 바로잡기 위해 험난한 인생에 뛰어든 영혼이니까요.

엘렉트라: 이제 당신 차례예요, 저스틴. 더러운 물이 고여 있는 의식의 늪에 빠져 허우적대는 당신의 영혼을 흔들어 깨워야 할 때에요.

엘렉트라는 입고 있던 튜닉의 가운데 부분을 잡더니 활짝 열어 젖혔다. 그러자 눈을 멀게 만드는 환한 빛이 뿜어져 나왔다. 드디어 그녀의 알몸을 보게 될 것이라는 불손한 생각이 뇌리에 채 스쳐 지나가기도 전이었다. 오렌지빛과 초록빛이 감도는 하얀빛은 즉시 내 시야를 시커멓게 만들었다.

───

부엌에서 매캐한 탄내가 진동했다. 오븐 토스터를 열자 까맣게 타버린 베이글이 무기력한 모습으로 누워 있었다.

"버릴 거야?"

베이글에서 피어나는 연기보다 더 텁텁한 목소리가 들렸다. 흠칫 놀라 고개를 돌렸다. 나오미였다.

"나오미……."

나는 여전히 오븐 토스터 앞에 멍멍히 서서 꼼짝도 하지 않았다.

병신아!
재깍 달려가서 얼싸안으란 말이야!

쭈뼛쭈뼛하던 내 팔다리가 어색하게 움직였다. 그제야 나는 한걸음에 달려가 나오미를 와락 껴안았다.

"버릴 거야?"

나오미의 쉰 음성이 재촉했다.

"그럼. 버릴……"

나오미의 입술이 나의 대답을 잘랐다. 그녀는 곧 나를 달콤한 천국의 쾌락으로 빠르게 인도했다.

Mr. Browning

minnim

Mr. Browning

LOST HIGHWAY

비윤리적 현상

minnim

1

나오미가 돌아온 이후 엘렉트라는 도통 나타나지 않았다. 나는 음악 작업 중에도, 수식 시장 그래프를 체크하는 중에도, 심지어 접시를 씻는 도중에도 문득문득 그녀의 존재를 확인했다.

**꽤 정기적인 페이스로 나타나던 그녀에게
길들여지기라도 한 걸까?**

나의 무의식이 그녀의 육체를 여전히 갈망하고 있는 것인지도 모르겠다. 갑자기 날아든 새 한 마리가 삑삑 울어댔다. 노란 부리와 배 부분이 붉은 깃털로 덮인 걸로 보아 지빠귀 종류로 보였다. 허공을 바라보며 계속 삑삑거리는 녀석은 "모델처럼 아름다운 몸을 가진 나오미가 옆에 있잖아." 하고 노골적으로 비꼬았다. 아침에 거울에 비친 나오미의 나체가 떠올랐다. 나쁘지 않은 몸매였다. 아니, 탁월했다.

'여인의 육체를 향한 동경은 사라의 테두리에서 벗어나고 싶은 욕망에서 시작된 것 아니었나요?'

고음이 우세한 엘렉트라의 묘한 음성이 기억의 언저리를 매몰차게 때렸다. 안타깝게도 그녀의 지적은 항상 나의 폐부를 잔인하게 들쑤셔 놓았다.

조용히 휴면 중인 것들만 기가 막히게 골라서
손가락으로 쿡쿡 쑤셔댄단 말이야.
"사라의 볼품없이 마른 몸까지는 사랑할 수 없었어." 하고
언어적 표현을 하지 않은 것만 해도 대단한 참을성 아니야?
그런데 왜 구태여 캐내냐 말이지.
땅속 깊이 묻힌 관을 파내는 도굴꾼의 못된 심보와 뭐가 달라?
다 썩어 문드러진 시신에 둘러진 보물을 훔쳐내는
사악한 두더지와 다를 바가 없다는 얘기야.
그래, 계속 자극해 봐.
그래도 난 켕길 게 없어.
할 만큼 했으니까.
내 선에서 최선을 다 했다고!
사라의 쿵작거리는 장단에 맞추어 나름 열심히 살았단 말이야!

'사라가 기획한 대로 외식을 하고, 여행을 하고, 쇼핑을 하며 잘 살았겠죠.'

'겉으론 그녀의 입맛과 취향에 맞추며 결혼 생활을 지속했다는 건 인정할게요. 짧게나마 자상한 남편으로 각인되던 시절도 있었으니까요. 다만 그녀로부터 채워지지 않던 것… 성사되지 않던 화끈한 섹스 정도로 하죠. 성적 불만족의 충전을 정당화하며 자기변호에 바빴던 당신의 이기적인 태도는 어떻게 설명할 건가요? 정신적 치유의 목적, 혹은 빌기 데스트를 위해 수많은 여성들과 잠자리를 했다는 변명부터 늘어놓을 속셈이라면 시작하지 않는 것이 좋을 거예요.'

나는 고민을 하면 할수록, 부인하려고 꼬투리를 건드릴 수록 점점 작아지는 틀에 갇히게 되는 것을 쉽게 실감했다. 엘렉트라가 같은 공간에 있든 없든 지워 버리고 싶은 그녀의 음성이 산울림처럼 번졌다. 아울러 그녀를 향한 나의 의아심도 자기 회의적 심경만큼이나 무럭무럭 자라나고 있는 중이었다.

응급실에 실려 갔을 때
이상한 약물이라도 몰래 투약한 건 아닐까?
뇌신경을 자극해서 환영과 환청 현상을 일으키는 약.
담당의라면 그 정도 일을 벌이는 건 어렵지 않았을 테지.
비록 소아과 의사라도 명색이 신경과 전문의인데.
그런데 그게 사실이라 해도 이유가 뭐냔 말이지.
빈털터리 나한테서 뭘 뺏을 게 있냐고!

'당신을 돕기 위해 이곳에 왔어요.'

엘렉트라의 어록 중 유명한 구절이다.

너무 빈번하게 남용해대서 탈이지.

나를 위해.
정확히 나를 돕기 위해.

5개 국어의 달인인 점을 감안한다면
외국에서 살다가 나 때문에 급히 들어오기라도 했다는 건가?
누군가 나의 정보라도 흘리고 돌아다닌 건가?

문득 정보원일지도 모른다는 생각이 뇌 주름 사이를 훑고 지나갔다.

내 과거에 무시무시한 비밀이라도 숨겨져 있기라도 한 걸까?
국가 일급 기밀 정도에 준하는?

나는 책상 서랍을 열었다. 이전에 엘렉트라가 던지고 간 종이를 꺼내 들었다. 혹시 누가 볼 새라 서랍 바닥 깊숙이 숨겨 두었던 종이는 벌써 나달 나달 했다.

그간 뻔질나게 넣었다 뺐다 하며 탐독했음을 증명하는 모양새였다. 손때 묻은 종이 뒷면에 반듯하게 쓰인 7개의 이름들을 읽어 내렸다.

"수마나쿤. 오스윈 브라이스 프라이싱톤. 보나. 하무첸. 에트체민. 프레드 아우구스투스 헤링. 양진……"

우물거리는 입술 사이로 결국 얇은 한숨이 터져 나왔다. 아무리 찔러보아도 국가 기밀을 유출할 만한 인물이 없었다.

그렇다면 믿어야 한단 말이야?
설사 전생 체험이 진실이라고 한들,
현재의 나의 삶에 끼치는 영향은 뭐라고 단정 지어야 하는데?
채무자와 채권자의 순환을 깨부수는 것만이
자유를 얻는 길이라고?

나는 원점으로 돌아왔다.

카일의 투자금.
사라에게 보내야 할 양육비.

아무리 엘렉트라를 물고 늘어진들 해결될 기미조차 보이지 않았기 때문이었다.

휴대전화가 울렸다. 카일이었다. 나는 바쁜 척을 하며 받지 않았다. 신호음이 계속 울어댔지만 내버려 두었다. 두 번 연거푸 걸려 오던 전화는 제풀에 끊어졌다. 곧이어 문자 메시지의 내방을 알리는 소리가 들렸다. 나는 한두 시간 뒤에 확인하기로 마음을 먹고 하던 작업을 계속했다. 하지만 시커먼 휴대전화 스크린이 깜박깜박 밝아지는 것에 영 신경이 쓰였다. 주식 시장 형편을 확인한 카일의 공황 상태를 대변하는 듯했기 때문이었다.

뿌린 대로 거둔다는 말의 실사판이니,
이번에는 잠자코 입 다물고 견디라는 말인가?

카일을 위한 최선은 빠른 시일 내에 빌린 돈을 갚는 것이었다. 그러나 '어떻게 갚아야 하나?'라는 난관에 봉착했다. 답은 알고 있으나, 푸는 방법을 모르는 꼴통의 심정이었다. 나는 휴대전화로 소심한 문자 메시지를 보냈다. 일하던 중이라 전화가 온 것도 몰랐다는 거짓말로 시작했다. 우리는 금요일 저녁에 오라일리 맥주집에서 만나기로 약속했다. 물론 내가 제안했다.

맨 정신으론 말하기 힘드니까.
술이 한두 잔 들어가면 좀 쉬워지겠지.

2

알코올의 힘을 빌려 조금이라도 편한 대화를 하려던 취지였다. 결론부터 말하자면 '망쳤다.'였다. 어떤 협상 테이블도 이토록 허무맹랑할 수는 없을 것이다.

"지금 무슨 말을 하는 거야?"

내 입이 닫히자마자 카일이 쏘아붙인 말이었다. 그의 얼굴은 언짢은 심경의 경계를 넘어 근심에 싸여 있었다.

"그러니까… 현재 우리의 난관은 기원전 1억 6671만 년 전에 발생한 일 때문이라고 설명할 수 있겠지. 꼬이고, 꼬이고, 또 꼬이고……"

"전생의 업보 때문에 투자금을 몽땅 날렸다는 너의 주장을 나보고 이해하라고?"

"숙명론 같은 거 나도 첨에 안 믿었어. 무의미한 개소리라고 생각했거든."
"그런데? 지금은?"

카일은 속이 타는지 작은 유리잔에 채워진 위스키를 단번에 들이켰다.

"그럴 수도 있다는 가능성을 넘고 있는 중이야."
"헤이! 일어나! 허황된 꿈에서 얼른 깨어나라고!"

카일은 빈 위스키 잔을 테이블에 쾅 내리쳤다. 다른 테이블에 앉아 있던 손님들의 주의를 즉시 꿰차는 적절한 효과음이었다. 난감하고 민망해진 나는 사람들의 눈치를 살피지 않을 수 없었다. 바로 그때였을까? 침침한 조명을 뚫고 다가오는 시선이 보였다.

짙은 노란빛을 띤 호박색의 두 눈.

자동차 전조등 같은 불빛이 나를 사납게 노려보고 있었다.

어디였지?
어디서 분명히 본 적이 있는 눈빛인데.

나는 술기운에 가물거리는 기억을 이리저리 들추며 뒤졌다. 노란 눈알의 기억이 올라올 듯 말 듯 해마가 꼬리를 간들간들 흔들었다.

"듀드! 내가 지금 말하고 있잖아!"

카일의 단조로운 톤이 한낱 미풍처럼 귓가를 쓸며 스쳐 지나갔다. 나는 자리에서 일어나 뻗어 오는 헤드라이트 불빛을 향해 걸었다. 한 발 한 발 가까이 다가갈수록 강렬하던 불빛은 그 힘을 잃어 가는 듯 점점 흐릿해졌다. 나는 눈을 비볐다. 여전히 어른어른한 노린 불빛이 이물기렸다.

'저스틴, 오랜만이군요!'

쾌활한 음색이었다. 호방한 기운이 넘치는 목소리는 내 머리 주변을 핑 감돌았다. 나는 "누구지?"하고 스스로에게 재차, 삼차 물어보았다. 그러자 건강한 남자의 얼굴이 떡하니 나타났다.

션 던.

여유로운 미소를 짓는 이 남자. 오라일리 맥주집주인이었다. 정신이 번쩍 났다. 그는 각진 넓은 턱이 양쪽으로 벌어지도록 입을 길게 벌려 웃는 밝은 표정을 지었다. 평소와 다름없는 모습이었다.

내 기억으론 옅은 회색 눈동자인데.

나는 션의 눈을 뚫어져라 응시했다. '켜져라. 켜져라.' 하고 마음의 주문을 외우면서 말이다. 불행인지, 다행인지 더 이상 아무 일도 일어나지 않았다. 션의 빙긋거리는 미소만 내 시야 가득히 들어왔다.

"오늘 들어온 위스키인데 맛 좀 보겠어요?"

션은 고개만 까딱하는 나를 뒤로 하고 어둠 속으로 사라졌다. 나는 바 스툴에 엉거주춤하게 앉았다.

"23년 된 싱글몰트(Single-Malt). 정향과 계피, 그리고 바닐라가 배경에 적절하게 어우러졌어요. 자극적이면서도 음울한 맛이라고 할 수 있겠네요."

션의 장황한 위스키 소개가 이어졌다. 나는 앞에 놓인 위스키 잔에 시선을 돌렸다. 난데없이 커다란 손이 나타나 잔을 가로챘다.

"23년?"

카일이었다. 그는 순식간에 술을 삼켰다.

"설명대로 참 음울한 맛이군."

카일은 내 어깨를 툭툭 치더니 화장실 방향으로 걸어갔다. 카일의 뒷모습을 슬쩍 바라보던 션은 잔을 다시 채웠다.

"마셔보세요."

나는 목구멍 안으로 던져 넣듯 술을 부었다. 자극적이라기보다는 황홀했다. 미묘한 황홀감이 가실 무렵 음산한 맛이 입안에 가득 찼다. 식도를 후끈하게 만드는 높은 알코올 도수를 무색하게 만드는 으스스한 기운 말이다. 마치 공동묘지에 겹겹이 쌓여 있던 짙은 어둠을 몰고 오는 느낌이었다.

"어떤가요?"
"독특하군요. 그런데 잘 팔릴지는 의문이네요."
"그래요?"

션은 입술을 젖은 혀로 핥으며 말했다.

엥?
혓바닥이 어찌 저리 가늘고 푸르스름하지?

나는 이번엔 션의 혀 모양과 색에 집중했다. 오늘따라 그가 유난히 평소와 다르게 보였다. 술기운에 정신이 흐려지고 있는 것을 느낄 수 있었다. 이러다 몸까지 제대로 가눌 수 없게 된다면 큰일이었다. 화장실에서 나온 카일이 흔들거리며 옆으로 다가와 앉았다.

"기원전 1억 6671만 년 전, 수마나쿤. 인심 좋은 라키쉰이 말한다. 24개월로 나눠서 갚아. 그것도 못한다면…… 난 널 고소할 수밖에 없어!"

**농담을 지껄이는 걸 보니 술에 진탕이 되기 직전이군.
아무튼 고맙다, 라키쉰.**

나는 대답 대신 카일의 등을 손으로 두드렸다.

"두 사람의 우정을 기리는 뜻에서……"

션이 카운터 위로 샷 글라스 두 잔을 내밀었다. 카일과 나는 션이 성의껏 내어놓은 '황홀하고도 음산한' 술을 또다시 쭉 빨아들였다.

3

나는 도착한 이메일을 체크했다. 차곡차곡 쌓여있는 메일 중 '늦은 지불'이라는 제목이 눈을 콕 찔렀다. 골머리가 아파 왔다.

일단 들어온 일부터 처리하고.

근에 신선한 온라인 사이트를 발견했다. 일감만 올려놓으면 이용자들이 알아서 찾아서 신청하는 시스템이었다. 그간 해 오던 소닉 브랜딩을 선두로 해서 간단한 로컬 광고 음악이나 기타 레슨까지 닥치는 대로 '프로젝트'라는 카테고리에 넣어 두었다. 그리고 들어온 문의는 빛의 속도로 응답을 했다. 한 명이라도 더 빨리 기를 쓰고 잡아야 했기 때문이었다. 하지만 굵은 폰트의 '늦은 지불'이 계속 내 시계에서 얼쩡대었다.

에라 모르겠다.

나는 눌러버리고 말았다. 바보 같다고 후회해도 이미 늦었다.

Sarah Jones
To me

Hi,
잘 지내고 있길 바라.
본론부터 들어갈게. 2달 동안 양육비를 받지 못했어.
법원이 유예 기간을 얼마나 줄지 모르겠지만,
아마 체납 통지서가 곧 날아갈 거야.
알고 있는지 모르겠지만,
계속 미루고 양육비 입금을 안 할 경우
운전면허증과 차량 등록이 일시 정지되고,
벌금이 부과되는 수가 있어.
혹시 모르고 배짱부리는 중인가 해서 내가 알려 주는 거야.

Sarah

그럼, 그렇지.
반가운 내용 일리 없잖아.

나는 다시 한번 빠르게 읽어 내려갔다. 당연히 기쁜 마음이 생기지는 않았다. 그렇다고 컴퓨터째 창밖으로 던져 버리고 싶은 울분이 치미는 것도 아니었다.

사라는 나의 울화를 터뜨리는 재주가 있었다. 치밀하고 정교한 능력 말이다. 이번엔 무슨 일인지 그녀의 실력이 제대로 발휘되지 않았다. 게다가 '잘 지내고 있길 바라.'라니. 그녀는 이 따위 인사는 잊은 지 이미 오래였다.

유용한 정보.
경고와 주의 사항.
그리고 염려…….

사라의 쌀쌀맞은 글에서 그녀의 배려가 배어났다. 땀이 스며 나와 꿉꿉해진 손바닥처럼 말이다. 본능적으로 시간을 늦추면 안 된다는 사고가 나를 지배했다. '질질 끌지 말고 지금 당장!' 하고 부르짖는 소리가 들리는 듯했다. 나는 신속하게 '답신' 버튼을 눌러 이메일을 쓰기 시작했다.

    Justin Browning
    To Sarah

    Hi Sarah,

덕분에 잘 지내고 있어. 안부를 물어봐 줘서 고마워.
양육비 지급이 늦어진 점 진심으로 사과할게.
현재 나의 재정 상태가 좋지 않아.

재정 담당 자문가 입장에서는 형편없는 상황이라고도 보일 수 있을 정도야.
그 원인에 대해서 여기에 자세히 설명할 수는 없지만,
모든 것이 내 슬기롭지 못한 행동에서 비롯된 것이라고 할 수 있어.
법원이 체납 통지서를 보내기 전에 양육비를 입금하도록 할게.
지금 현재로서는 구체적인 방법이 떠오르진 않지만, 내가 뭐든지 알아낼게. 아무튼 이렇게 걱정해 주어서 정말 고마워.

Sincerely,
Justin

나는 '전송' 버튼을 눌렀다. 다시 읽어 보지도 않았다. 마지막 글자의 타이핑이 끝나기가 무섭게 보내 버렸다. 속이 후련했다. 갑갑하고 우울하던 가슴이 가뿐해지는 느낌이었다. 참 이상했다. 밀린 양육비를 마련할 신통한 묘안도 없는데 마음은 아주 편했다. 나는 홀가분한 기분에 힘입어 곧바로 '일하기'에 몰두했다.

우선 먼저 급한 불은 껐다.

가지고 있는 신용 카드에서 끌어 쓸 수 있는 한정 금액을 모으고 모아 양육비를 입금했다. 카일이 준 투자금의 일부도 갚았다. 덕분에 나오미의 수입으로 생활비의 대부분을 충당해야만 했다. 나오미에게도 빚을 지기 시작했다는 상황이 몹시 싫었지만 어쩔 수 없는 노릇이었다. 다행히 나오미는 "중요한 일부터 처리해야지." 하며 나를 위로했다. 너그럽고 현명한 여자 친구가 있어 행운이라고 생각했다.

정말 그렇게 생각하냐?

별안간 수상한 마음의 소리가 튀어나왔다. 듣기 싫었다. 설사 속말이라도 이번엔 역겨웠다.

'당신은 좋은 사람이야.'

나오미의 허스키한 음성을 되뇌었다. 그녀의 의미 없는 입버릇이라도 괜찮았다. 지금은 응원이 필요하니까.

4

 나는 아침 일찍부터 집 밖으로 나갔다. 밤새 현관 계단과 드라이브웨이에 수북이 쌓인 눈을 치우는 작업을 해야 했기 때문이었다. 머지않아 3월이 가고 4월이 도래할 마당에 하루가 멀다 하고 폭설이 내렸다. 봄의 시작은커녕 긴 겨울의 터널에서 여전히 빠져나오지 못하고 있었다. 1시간 이상 계속된 삽질로 차가 겨우 움직일 수 있을 정도의 길이 만들어졌다. 어깨와 허리가 욱신거리기 시작했다. 나는 숨 돌릴 틈도 없이 제설 긁개를 손에 쥐었다. 눈 속에 갇힌 차의 신속한 구출이 시급했다.

 "오늘 운전은 무리야. 아침 뉴스엔 눈길에서 발생한 교통사고 소식밖에 없어. 허니, 내 말 듣고 있는 거예요?"

 온몸을 꽁꽁 싸매고 밖으로 나온 나오미가 수심 가득한 표정으로 말했다.

"아스펜 여행도 취소된 판에, 3박 4일을 2박 3일로 줄일 순 없잖아."

"그래도 메릴랜드까지 가는 운전은 너무 위험할 거 같은데……."

나오미는 깊은 한숨을 내쉬며 손바닥으로 얼굴을 문질렀다.

"걱정 마. 천천히 조심해서 가면 괜찮아."
"그럼 나도 함께 갈게."
"정말? 안 그래도 되는데."

나는 내심 기쁘기도 하고 겸연쩍기도 했다.

"준비할게."

나오미는 추위에 푸르르 떨며 집안으로 들어갔다.

예상대로 95번 고속도로는 한산했다. 가끔 보이는 화물 트럭과 제설차를 제외하고는 도로에는 승용차 두세 대만 거북이처럼 엉금엉금 기다시피 굴러가고 있을 뿐이었다.

"출장을 갈 수 있을까? 비행기 운항도 중단되었을 텐데."

자동차 앞유리창을 때리는 굵은 눈발을 바라보던 나오미가 입을 열었다.

"출장을 가든 말든 그건 내가 알 바 아니야. 난 체이스만 데리고 오면 되니까."
"미끄러운 눈길이 위험하다고 체이스를 보내지 않을 수도 있잖아."

나는 속으로 "아차!" 했다. 결말도 모르는 일에 어금니가 저절로 꽉 다물어졌다. 사라라면 충분히 그러고도 남는다는 생각이 시야를 가리는 눈송이보다 나를 더 성가시게 자극하고 있었다.

"허니……"

자욱한 눈안개와 같은 나오미의 나직한 음성이 귓전을 맴돌았다. 마치 간지럽게 스쳐 지나가는 바람 소리처럼 내 주의를 사로잡았다.

"지금 가장 중요한 것은 포토맥까지 안전하게 도착하는 일이야. 그러니 다른 건 4시간 이후에 다시 고민해 보아요."

나오미는 내비게이션 화면에 나온 도착 예정 시간을 슬쩍 곁눈질하며 말했다.

"너무 뻔하게 보여서 그래."

나는 목구멍 위까지 톡 비어져 나왔던 '악마 같은 년'이라는 호칭을 억지로 되삼켜야 했다. 나오미는 목구멍 아래로 가까스로 밀어 넣은 소리를 듣기라도 한 것인지 내 손등을 쓰다듬었다. 그리고 "당신은 좋은 사람이야." 하고 속삭였다.

뉴저지에서 매릴랜드까지 보통 4시간 남짓 걸리던 주행 시간은 악천후로 인한 심각한 도로 사정으로 인해 5시간을 훌쩍 넘기고 있었다. 친구, 책, 패션, 가십, 여행, 영화, 음악, 정치 등등 주제를 바꿔 가며 이어가던 대화도 동력을 슬슬 잃어갔다. 대화를 이끌어 가던 나오미도 지쳤는지 15분째 창밖만 내다보고 있었다.

"요즘 대학가나 젊은이들 사이에 새로운 경험을 한답시고 환각 진통제랑 술을 같이 먹다 죽는 경우가 종종 있나 봐……."

나는 조금 잦아든 눈발을 바라보며 입을 떼었다. 엘렉트라가 흘리고 간 정보 중 가장 놀랍고 터무니없던 아이템이 아니었던가. 안 그래도 호시탐탐 기회만 노리고 있던 와중에 말문이 터지자 개운하기까지 했다.

"어디서 읽었거나, 뉴스에서 본 것 같아."

나오미는 여전히 창밖을 응시한 채 심드렁히 대꾸했다.

"비슷한 경험 없었어?"

나는 나오미의 눈치를 얼핏 살피며 최대한 가볍게 대화를 이어 가려 노력했다.

"나? 글쎄…… 없었던 거 같은데?"
"전혀?"
"전에 말하지 않았었나? 스물두 살 때 당한 사고 이후, 그 이전 기억이 거의 사라졌다고."
"응, 맞아. 들었었지."

'긴 코마 상태에서 겨우 깨어났어. 물론 기억은 없지만…… 잃어버린 기억을 되살려 보려고 많은 노력을 했어. 하지만 다 소용없었어. 가족과 친구들은 쉬쉬거리기만 했어. 저주받은 비밀이라도 되는지 다들 아무 이야기도 해 주지 않았어. 결국 스트레스를 견디지 못하고 집을 떠났어. 과거와 상관없이 새 출발을 시작하고 싶었거든.'

나오미가 예전에 들려주었던 그녀의 과거 이야기가 생각이 났다. 그녀에게서 답을 얻기는 틀린 것 같았다.

저스틴 브라우닝, 왜 자꾸 오락가락하는 거야?
이제까지 보았던 어떤 기록 영화보다
더 강렬한 장면들을 목격했으면서.
이젠 믿어. 다 접고 믿으라고.
안 믿는다고 달라지는 건 아무것도 없잖아?
앉으나 서나 머릿속에서 불쑥불쑥 돋아나는
그들의 모습을 지울 수 없을 바엔
차라리 믿어버리는 것이 속 편하다고!

엘렉트라가 던지고 간 폭탄의 위력은 예상보다 훨씬 강력했다. 사방으로 날린 파편에 맞은 몸과 마음은 곳곳이 구멍 투성이었다. 길지 않은 시간이었지만 나는 논리적 이론을 찾아보려고 백방으로 노력했다. 기본적 불교 사상과 타오이즘을 비롯해 생명의 나무에 관한 메시지까지 낱낱이 훑었다. 수마나쿤, 오스윈, 보나, 하무첸, 에트체민, 프레드, 그리고 양진으로 연결되는 또 다른 나의 모습을 수긍할 수 있는 검증 수단이 필요했기 때문이었다. 작은 끄나풀이라로 잡아 보려는 나의 사무치는 버둥질이었다고 할 수도 있겠다.

"허니, 휴게소에 잠깐 들를까? 화장실에 급히 가야 해."

침묵을 깨고 나오미가 사뭇 다급한 톤으로 말했다.

"응, 그럴게."

다행히도 1마일 정도 떨어져 있는 곳에 휴게소가 있음을 알리는 표지판이 금시에 나타났다.

휴게소에 도착하자 나오미는 잽싸게 차문을 열고 나갔다. 나는 발목 위까지 푹푹 빠지는 눈길 위에서 뒤뚱거리는 그녀의 뒷모습을 보고 슬그머니 웃었다. 그러나 내 눈웃음은 곧바로 경악 실색으로 전환되었다.

"악! 아니, 정말……!"

나는 버럭 소리를 지르고 말았다. 입가에 머물러 있던 웃음기를 순간적으로 싹 가시게 만드는 비주얼이 백미러에 나타났기 때문이었다.

"엘렉트라! 당신 어떻게……!"
"너무 놀라게 했나요?"

이따금 엘렉트라의 발길의 뜸하다고 생각한 자체를 막심하게 후회했다. 짧은 순간이었지만 제발 헛것을 보았기를 빌던 나의 작은 소망도 산산조각이 되어 날아가고 있었다.

"언제부터 뒷좌석에 숨어 있었던 겁니까?"
"지금 와서 앉았다면 믿을 건가요?"
"그러니까…… 내가 이 휴게소에 올 것을 용케 짐작하고는, 여기서 미리 기다리고 있다가, 주차장에 차를 세우자마자 소리도 없이 접근해서, 몰래 차문을 열고 올라탔다는 설명인가요?"

나는 숨 쉬는 것도 잊은 채 속사포처럼 떠들어 댔다.

"언제 나오미가 나올지도 모르는데… 어서 내려요. 괜한 오해를 만들고 싶지 않아요."
"나오미는 정확히 11분 후에 당신 옆좌석에 앉을 거예요. 그러니까 그렇게 펄펄 뛸 필요 없어요."

나는 고개를 휙 돌려 엘렉트라를 노려보았다.

하얀 리넨 셔츠.
카키 반바지.
페도라.

선글라스까지 쓴 그녀는 더운 지역으로 여행이라도 가는 것인지 한여름 복장을 하고 있었다.

"멕시코나 버뮤다로 가는 비행기의 결항으로 여행에 큰 차질이 생겼나 보군요."

나는 엘렉트라의 옷차림을 또 한 번 힐끗거렸다. 분명히 예전에 본 적이 있는 것 같은 복장이었다.

어디서 봤더라?

"멕시코는 당신도 곧 가게 될 거예요. 간만에 좋은 시간을 보내게 되겠군요. 무엇보다 내가 이토록 황급히 나타난 이유가 궁금하지 않나요?"

"당연히 궁금하죠. 왜 이런 급박한 상황을 만드는 겁니까?"

"고집부리지 말고 오늘은 메릴랜드에서 보내요. 체이스를 데리고 뉴저지로 올라갈 생각은 접으라는 충고예요."

"이런 날씨에 어디서 밤을 지새우란 말인가요?"

"사라의 제안에 엉뚱한 시비만 걸지 않는다면 당신과 나오미는 편안한 밤을 맞이할 수 있겠어요."

"무슨 뜻입니까?"

"억지 부리지 말고 흐름에 맞추어 행동하라는 뜻이에요. 물 흐르듯 내버려 두라고 말하고 싶군요. 시간이 다 되었어요. 당신의 심장 건강을 위해 이만 가겠어요."

"심장……"

나의 헛웃음이 미처 날아가기도 전에 조수석 문이 열리며 나오미가 들어왔다.

"하이!"

나는 화들짝 놀라 몸을 제자리로 얼른 돌렸다.

"뭘 찾고 있었어?"
"으응? 차… 찾다니?"
"걸어오면서 봤는데 뒤돌아서 뭘 열심히 찾고 있던 거 같아서."
"아…… 지갑을 떨어뜨렸나…… 했는데. 여기 있더라고."

나는 얼른 재킷 안주머니에 있는 지갑을 꺼내 보였다. 멀뚱히 바라보는 나오미의 따가운 눈길을 애써 외면하며 엔진을 걸었다. 백미러로 뒷좌석을 확인했다. 역시 엘렉트라의 모습은 귀신 같이 사라지고 없었다.

나오미가 엘렉트라의 모습은 보지 못해서 천만다행이야.

그러나 저러나 엘렉트라는 그런 차림으로 어디를 가는 걸까?

~

어느새 사라와 체이스가 살고 있는 집 앞에 도착했다. 6시간 넘게 신경을 선인장 가시처럼 곤두세우고 운전을 한 덕에 나는 녹초가 되어 있었다. 나오미는 잠잠히 내 목덜미와 어깨를 손가락으로 부드럽게 만졌다. 나는 힘없는 미소를 싱긋 지어 보이고는 차에서 내렸다. 초인종을 누르기도 전에 현관문이 열리며 체이스가 뛰어나왔다.

"아빠!"

나는 달려오는 체이스를 힘껏 껴안았다.

"헤이, 버디!"

체이스는 나의 손을 잡아끌었다. 나는 차에 앉아 있는 나오미를 향해 어서 나오라는 눈짓을 해 보였다. 집 안으로 들어가자 거실 입구에 서 있는 사라의 모습이 나타났다. 피곤한 기색이 만연했다. 그녀는 외투에 스카프까지 목에 두른 모습으로 우리를 맞이했다.

"어서 와요, 나오미."
"하이, 사라."

사라가 선뜻 나오미에게 먼저 인사를 건넸다. 뜻밖이었다.

"무사히 도착해서 다행이야. 뉴스를 보니 도로가 완전 엉망이던데."

나에게도 말을 걸어오는 사라의 의외로운 행동에 조금 당황했다.

얼씨구, 이러다 왈왈 짖고 물어뜯으려고?
쇼 하지 마!

"아빠, 오늘 여기서 자고 가요!"
"으… 으응……?"
"체이스 말대로 해. 난 부모님 집에 가 있을 테니까."

나는 어안이 벙벙해졌다. 사라의 얼굴을 물끄러미 쳐다보았다. 볼이 움푹 파인 그녀의 얼굴이 유난히 앙상궂었다.

"나오미, 여기서 쉬다가 가도록 해요. 체이스, 어서 방으로 안내하렴."

체이스는 신이 난 표정으로 나오미를 이끌고 계단으로 향했다. 나는 나오미와 체이스가 2층으로 완전히 사라진 것을 확인하고 입을 열었다.

"뭐야? 왜 이러는 거야?"
"지금 기상 조건으로 어디든 이동하는 건 무리야. 착각하지 마. 난 단지 체이스가 조금이라도 위험해지는 걸 방관할 수 없어서 이러는 거니까. 내 출장 스케줄은 다음 주로 변경되었어. 하지만 걱정 마. 일요일 저녁까지는 온전히 너의 시간이니까."

사라는 거실 구석에 세워 둔 여행 가방을 끌고 현관문을 열었다. 고개를 반쯤 돌린 그녀는 시선을 바닥에 고정시킨 채 말을 계속했다.

"아스펜은 미안하게 되었어. 원한다면 리버티 스키장에 다녀와도 좋아."

사라는 무뚝뚝하게 할 말만 탁 던지고는 문을 닫고 나갔다.

"물 흐르듯 내버려 두라고 말하고 싶군요." 하고 당부하던 엘렉트라의 음성이 귓속에서 되살아났다.

이거였던 거야?

엘렉트라가 말한 것이?

미래에 일어날 일들을 꿰뚫는 엘렉트라의 능력을 이제는 속 시원히 인정해야 했다.

나의 경제적 안정을 위한 소언도 해 준다면 더할 나위 없을 것 같았다. 당장 담달부터 체이스 양육비를 어떻게 조달해야 할지 걱정이 앞섰다.

많이도 바라지 않아.
파워볼 여섯 숫자만 알려 주면 참 좋을 텐데 말이야.
여느 정신 빠진 로또 당첨자처럼
술과 마약, 혹은 도박과 여자에 현혹되어서
그 많은 돈을 탕진하는 케이스는
절대 만들지 않을 자신이 있다고!
원하면 이곳저곳에 기부도 할 수 있는 사람이야, 나는!
엘렉트라에게 부탁이라도 해 볼까?

"미안해요. 파워볼 당첨 번호는 알려줄 수 없어요."

고음과 중음이 맞물렸다 갈라지는 듯한 기묘한 목소리.

이제는 무척 친숙해진 음성이 뒤에서 들려왔다. 나는 황급히 뒤를 돌아보았다. 예상대로 엘렉트라였다. 그녀는 거실 소파에 편하게 걸터앉아 맘껏 자유 시간을 즐기고 있는 중인 것만 같았다. 해변가에나 어울리던 그녀의 한여름 복장은 어느덧 가죽 바지와 스웨터 차림으로 바뀌어 있었다.

"지저스! 여긴 내 집이 아니라, 사라의 집인 거 몰라요? 게다가 위층엔 나오미와 체이스가 있단 말이에요. 도대체 나를 얼마나 엿 먹일 심산으로 이러는 겁니까?"
"그동안 내가 불쑥불쑥 나타난 것은 인정하죠. 그렇다고 당신이 낭패를 당한 적이 단 한 번이라도 있었나요?"

나는 군기침을 했다. 엘렉트라가 옳았다. 그녀는 나를 심적인 궁지로 몰아넣었던 적은 있었지만, 현실적으로는 어떤 손해도 입히지 않았다.

"미안해요. 하지만 너무나 놀라고 다급해서."
"놀람과 다급함. 방금 당신 스스로가 직접 만들어 낸 감정이에요. 바작바작 타들어가고, 전신이 옥죄는 느낌 아닌가요? 그 또한 당신의 그럴듯한 창의력이 발휘한 갑갑한 기분이라는 걸 알아 둬요."
"알았어요. 그런 그렇고…… 여기까지 찾아온 용건이 뭡니까?"

나는 2층에서 들려오는 작은 소리에도 온 신경을 끌어모았다. 속닥거리는 소리가 나는 것 같기도 하고, 킬킬대는 웃음소리가 들리는 것 같기도 했다. 아직까지는.

"하모니."
"뭐, 뭐라고요?"

"조화와 화합이 당신에게 주어진 3박 4일 안에 찾아야 할 키워드예요. 게으름 피우지 말고 부지런하게 찾아야 할 거예요."

시커먼 먹구름이 몰려오는 것처럼 엘렉트라의 고음이 잠잠해지더니 중음이 물씬 도드라졌다. 그녀의 차분하고 안정된 톤은 권고보다는 경고에 가깝게 들렸다.

"……당신이 목격한 7인의 삶이 의미 없지 않도록 말이에요. 잊지 마세요. 지금, 바로 이 순간이 당신이 존재하는 이유라는 걸."

내가 존재하는 이유라.

나는 입속말로 우물거렸다. 2층에서 "아빠, 어서 올라오세요!" 하고 부르는 체이스의 웃음 섞인 목소리가 들렸다.

"오케이, 지금 올라갈게!"

나는 계단 위쪽을 바라보며 크게 답했다. 엘렉트라에게 작별 인사를 하려고 고개를 돌려 보았다. 역시 그녀는 이미 떠나고 없었다. 그녀가 '아이리시 굿바이'를 즐긴다는 사실을 잠시 깜빡했다.

─────

체이스와 '굿 나이트' 인사를 나눈 후 자정도 되기 전에 나오미와 함께 침대에 누웠다. 나는 통 잠에 들 수가 없었다. 장시간 운전으로 몸은 끊어질 듯이 피곤했지만, 정신은 시간이 지날수록 더욱 말똥말똥해졌다. 뜨듯하게 달구어진 베개를 몇 번이나 뒤집었는지 모르겠다. 이리저리 몸을 뒤척이고 있는 동안 시계는 벌써 새벽 2시를 가리키고 있었다. 나는 방에서 조용히 나가 체이스의 침실로 향했다.

조금 열린 방문 틈으로 얼굴을 넣었다. 조명 프로젝터 기능이 있는 종야등이 어두운 내부를 은은하게 밝히고 있었다. 나는 벽과 천장을 가득 메운 은하계 이미지를 잠시 감상하다 침대에 누워있는 체이스의 모습에 넌지시 시선을 던졌다. 꿈속에서 날아오는 공을 걷어 차기라도 한 것인지 이불은 반 이상 바닥에 떨어져 있었다. 나는 발뒤꿈치를 들고 살금살금 걸어 들어가 웅크린 체이스 몸 위로 이불을 살포시 덮었다. 그 순간이었다. 작은 빛이 반짝 나타났다가 사라지는 것을 보았다. 느슨하게 움켜쥔 아이의 주먹 틈으로 길쭉한 금속성 물체가 희미한 빛을 반사했다.

열쇠?

한 뼘이 넘는 길이의 열쇠는 한쪽이 둥근 형태로 만들어져 있었다. 열쇠 머리와 연결된 금속 막대 끝은 촉 모양으로 도드라지게 깎여 있었다.

전체적 모양이 상당히 여성적이었다. 또한 매우 눈에 익은 물건이었다. 단지 게을러터진 해마가 일절 협조해 주지 않고 있는 중이었다. 나는 체이스의 손가락들을 조심스럽게 펴서 손바닥에 올려진 열쇠를 집었다. 크기와 모양으로 보아 방문 열쇠로는 보이지 않았다. 사물함이나 약품 수납 선반 열쇠일 확률이 높았다. 사라의 마약성 진통제나 그 성분을 알 수 없는 약물에 아이가 손을 댈 수 있다는 경적이 나의 뇌를 쩌렁쩌렁 울리게 했다.

나는 발딱 일어나 사라의 침실 안에 있는 욕실로 향했다. 욕실 캐비닛을 몽땅 확인했다. 약병처럼 보이는 물건은 없었다. 타이레놀 같은 흔한 진통 해열제도 눈에 띄지 않았다. 순간적인 안도감이 지나갔다. 그러자 이번에는 어수선한 의혹이 해일처럼 일어났다.

위험한 물건이 약품만 있는 게 아니잖아!

나는 서둘러 사라의 침실 구석구석을 살피기 시작했다. 작은 구멍이라도 보이면 그 즉시 열쇠를 찔러 넣어 보았지만 들어가지 조차 않았다. 나는 찜찜한 마음을 접고 사라의 방에서 나왔다.

잠을 잘 때도 손에 쥐고 있을 정도면
소중하게 다루는 열쇠인 거 같긴 한데…….

나는 열쇠를 세심하게 관찰했다. 유별난 모양의 열쇠는 마치 금으로 도금이라도 한 것처럼 노란빛으로 반짝반짝했다. 이윽고 나의 한심한 수준을 꾸짖는 소리가 내 앞통수를 때렸다.

'저스틴, 당신 지금 장난해? 그 또래 남자아이들이 소중하게 모아 두는 물건이라고 해 봤자 야구 카드나 피겨 장난감 정도겠지. 네 기준으로 마약이나 총기 같은 끔찍스러운 물건들을 상상하다니……. 어쩜!'

속옷만 걸치고 방에서 뛰쳐나온 사라가 혀를 끌끌 차며 못마땅해하는 모습이 환영처럼 나타났다.

관두자.

나는 다시 체이스의 방으로 들어갔다. '여기 두면 아침에 발견하겠지.' 하는 판단으로 침대 옆 탁자 위에 열쇠를 올려놓았다. 그리고 침대 가장자리에 엉덩이를 걸치고 앉아서 새근새근 잠이 든 체이스의 얼굴만 잠자코 바라보았다.

곱실거리는 연한 적갈색 머리카락.

반달형 눈썹.

아몬드 모양의 눈.

조금 짧은 듯한 코.

살짝 올라간 윗입술.

갸름한 턱.

귀 빼고는 사라의 얼굴을 그대로 복제한 것만 같았다. 나는 체이스 이마 위로 흩어진 머리카락을 손가락으로 살살 쓸어 넘겼다. 아이의 볼록한 이마가 부드러웠다. 나는 손을 올려 내 이마를 더듬어 보았다.

그러고 보니 이마도 닮은 거 같군.

나는 행여나 침대 스프링이 삐걱댈까 아주 천천히 엉덩이를 들어 올렸다. 시큰거리는 무릎 통증에 하마터면 망할 신음 소리를 내지를 뻔했다. 아랫입술을 질겅 깨물고는 발을 천천히 옮겼다. 왼발을 돌린 찰나였던 것 같다. 뒤꿈치에 딱딱한 물건이 닿았다. 허리를 대충 틀어 내려다보았지만 물건의 정체를 확인하기 힘들었다. 나는 몸을 완전히 돌려서 바닥에 무릎을 대고 앉았다. 침대 밑에서 비죽 튀어나온 물체가 눈에 들어왔다.

럭비공인가?

나는 물건을 꺼내어 확인했다. 생김새와 표면의 질감으로 봐서는 럭비공보다는 큰 알에 가까웠다. 그 크기는 실제로 본 적이 있는 타조 알보다 좀 더 컸다. 어두운 조명 아래에서 색깔을 구분하기는 애매했지만, 가로세로로 둘러진 금테가 어둠 속에서도 밝게 빛났다. 나는 알 모양의 물체를 양손으로 잡고서는 빙글빙글 여러 방향으로 돌려 보았다. 알의 머리 부분에 동전 크기의 반구가 붙어 있었다. 역시 금빛이 감도는 반구는 마치 알의 머리 위에 씌진 작디작은 투구처럼 보였다. 나는 더 자세히 보기 위해 알 모양의 물건을 한 팔로 감싸서 품에 안았다. 혹시나 하는 마음에 탁자 위에 올려둔 열쇠도 챙겨서 방에서 나갔다.

나는 거대한 알 개봉을 위한 장소로 1층 서쪽 끝에 위치한 다이닝룸을 선택했다. 나오미가 자고 있는 게스트룸과 체이스의 침실에서 가장 멀리 떨어진 위치였다. 일단 알의 머리 쪽에 붙어 있는 반구를 관찰했다. 금이거나, 적어도 금도금을 한 것처럼 보이는 반구는 금속성을 띠고 있었다. 표면은 매끈했고, 작은 홈이나 돌기조차 없는 완벽한 형태였다. 나는 열쇠를 들어 반구 옆에 대보았다. 두 물체는 빛깔과 성질을 비롯해 광택 또한 거의 일치했다.

이런 물건을 어디서 구한 걸까?
크리스마스 선물로 받은 건가?

나는 알을 들어 흔들어 보았다. 무게는 가벼웠지만, 안은 꽉 차 있는 느낌이었다. 희한했다.

나는 열쇠의 촉을 구멍도 없는 반구에 갖다 대었다. 아니다. 밀어 넣었다는 표현이 더 정확할 것 같다. 왜 그런 행동을 했는지는 나도 알 수 없었다. 눈에 보이지 않는 힘에 이끌렸다는 설명 외에는. 그렇게 열쇠와 맞닿은 반구는 흐물거리기 시작했다. 마치 열에 의해 녹은 금속 반구가 열쇠의 촉을 빨아들이는 기현상처럼 보였다. 고체 물질이 반고체 상태로 변했다는 설명이 더 적절한 듯했다. 무른 느낌의 반구는 삼등분으로 나뉘며 갈라졌다. 이어서 알을 투르고 있던 근테가 환하게 빛을 발했다. 그러자 세 조각으로 쪼개진 알껍데기가 활짝 열렸다. 꼭 꽃의 만개 장면을 보고 있는 것만 같았다.

나는 열린 알 안에서 발견한 물체를 조심스럽게 집어 들었다. 크기는 휴대전화와 비슷하거나, 오히려 큰 듯했다. 유리도, 플라스틱도, 필름도 아닌 물체는 알 수 없는 소재로 만들어진 것 같았다. 생전 처음 보는 물건이었다. 나는 손가락으로 표면을 주의해서 만져 보았다.

흐헛!

무색투명한 물체의 배경이 허옇게 변했다.

불투명해진 사각형 물체는 종과 횡의 순서로 그 면적이 확장되었다. 그러자 백라이트와 같은 푸르스름한 빛이 밝게 발광했다. 동시에 천연색 이미지가 맑게 갠 하늘처럼 나타났다.

다정한 연인으로 보이는 여자와 남자였다. 둘은 비슷한 복장을 하고 있었다. 아마도 유니폼인 것 같았다. 그들의 모습을 담고 있는 이미지는 60초 안팎의 짧은 동영상이었다. 둘은 같은 디자인의 벨트를 착용한 것이 무슨 특별한 일인 양 무척이나 기뻐했다. 나는 두 사람의 외모를 찬찬히 훑어보았다. 보통 체격의 남자는 40대 초중반 정도로 보였다. 그의 희끗거리는 연한 적갈색 곱슬머리와 길고 갸름한 턱이 눈에 띄었다. 여자는 30대 중반쯤으로 독특한 외모를 가지고 있었다.

금발도 은발도 아닌 윤기 잃은 긴 머리카락.
창백한 피부톤.
커다란 파란 눈······!

나는 동영상 속 여자의 모습을 구석구석, 빈틈없이, 모조리 뜯어보았다. 아무리 다르게 보려고 해도 쓸데없는 짓이었다. 안일하기 짝이 없는 나의 해마조차 '동동거려 봤자 틀림없는 엘렉트라 리겔이야!' 하고 크게 소리쳤다.

체이스가 엘렉트라의 모습이 담긴 물건을
왜 가지고 있는 걸까?

역시 나의 첫 느낌이 정확했다는 건가?

나는 양 주먹을 불끈 쥐었다. '사라가 고용한 사설탐정'이라는 주장이 얼추 들어맞는 것 같았다. '처음부터 내가 맞았었어!' 하는 생각에 시큼한 배신감이 울컥 치밀었다.

"최소한 정보원은 아니군요."

엘렉트라는 아주 좋은 타이밍에 알아서 나타났다.

"결국 내 추측이 맞다는 소립니까?"
"동영상 속 남자가 누군지 궁금하지 않나요?"
"그것보다 내 아들이 어째서 당신의 모습이 담긴 물건을 가지고 있는지가 훨씬 더 궁금하군요."

나는 목소리를 최대한 낮추고 신경질적으로 쏘아붙였다. 쩍쩍 갈라지는 쉰 음성이 다이닝룸에 담배 연기처럼 자욱이 깔렸다. 나는 행여나 나오미와 체이스가 깰까 큰 소리도 내지 못하고 끙끙거렸다. 엘렉트라는 의자를 슬며시 빼더니 앉았다. 나의 쿵쾅대는 심정과는 정반대로 매우 평온하고 차분한 모습이었다.

"남자의 이름은 주벤 우르사. 체이스 브라우닝이 환생한 미래의 모습이에요. 주벤과 엘렉트라는 부부의 인연으로 맺어진 사이입니다. 그러니까 다시 말해 나의 남편이죠."

나는 잠자코 엘렉트라를 뻥하게 쳐다보기만 했다. 너무 놀라서 말이 안 나왔다. 뇌에서 전송된 문장이 성대 근처에 다 사그라지는 부조화 현상이 일어났다.

**이 놈이 체이스인데, 이 놈이 엘렉트라의 남편이라고?
그럼 엘렉트라는……**

"당신이 상상하는 대로예요. 나는 당신의 미래에서 왔어요."

Mr. Browning

minnim

ILLUSION VS. DELUSION

환상 VS. 망상

minnim

1

 뉴저지로 향하는 95번 고속도로는 며칠 만에 완전히 다른 상태였다. 도로는 눈 온 흔적도 없이 완벽하게 치워져 있었다, 간간이 보이는 집들의 지붕 위에 두껍게 쌓인 눈만이 눈보라 치던 어느 날을 대변해 주고 있을 뿐이었다. 나오미는 피곤했는지 차에 탄지 15분 만에 곯아떨어졌다. 차 안은 참을 만한 정적이 흘렀다. 사실 나는 그 적막함을 환영했다. 엘렉트라가 흘리고 도망친 '망령된 언행'에 관한 심사숙고의 시간이 절실했기 때문이었다. 나는 그녀가 남긴 허튼소리를 일일이 재생시켜 보았다. 정교하게 그려진 밑그림을 정성스럽게 복구하듯 말이다.

 '저스틴, 당신의 이번 삶이 성공적일 수도 있다는 징후로 여겨지지 않나요? 아버지와 아들의 관계가 부부의 관계로 격상된 사례인데.'

'육체적 정신적 사랑이 마침내 열매를 맺은 거죠. 당신의 학습 효과가 높아졌다고 할 수 있겠어요.'

'당신에 대해 모든 것을 알고 있다는 주장이 이제 수긍이 가나요?'

엘렉트라의 말들이 납득되기도 하면서 충분히 납득할 수 없는 어중간한 기분이 나를 괴롭혔다.

메발커스 vs. 하무첸: 과거
아부크시군 vs. 에트체민: 과거
조셀린 vs. 프레드: 과거
체이스 vs. 저스틴: 현재
주벤 vs. 엘렉트라: 미래

마음속에 그려진 나의 과거가 생각을 거듭할수록 불만스러웠다. 미래는 떠올리기만 해도 역겹고 넌더리가 났다.

내가 엘렉트라라니!
여자로 태어난 첫 번째 환생이라니!

'당신의 심각한 여성 편력의 열정을 일깨우기 위한 중대한 결정이었어요. 물론 당신도 의견을 같이 한 사실이었고, 이번에도 체이스가 중요한 역할을 맡는 것에 흔쾌히 동의했죠.'

3일 밤 전 엘렉트라의 이중창 음성이 바로 옆에서 들리는 듯했다. 나의 정신을 산란시키던 그녀의 깊고 푸른 눈동자가 자동차의 앞 유리창 너머 보이는 것만 같았다.

"미래는 그렇다 치고, 내 아들이 어떻게 이 빌어먹을 알을 가지게 되었는지 설명이나 좀 해 봐요!"

나는 여전히 쩍 벌어진 상태로 테이블 위에 놓여 있는 알을 가리켰다. 오싹한 전율이 부르르 떨리는 손가락을 타고 온몸으로 뻗어 나갔다. 엘렉트라는 의자에서 일어나 그녀의 미래 속 모습이 담긴 물건을 알 속에 넣었다. 그러자 분리되었던 알껍데기가 금테를 사이에 두고 다시 합쳐졌다.

"기억나지 않나요? 잘 살펴봐요."

엘렉트라는 반구에 꽂혀 있던 열쇠를 뽑아 들고는 내 눈앞에 들이밀었다. 나는 다시 한번 열쇠의 사소한 부분까지 세세히 들여다보았다. 체이스 손에서 처음 발견했을 때와 유사한 느낌이 나를 흔들었다.

**전체적 모양이 상당히 여성적이며,
매우 눈에 익은 물건……!**

기억이 났다. 처자던 내 농땡이 해마가 드디어 잠에서 깨어난 것이었다.

"당신이 머리를 틀어 올릴 때에나 사용하던 물건이 어떻게 체이스의 손에 들어간 겁니까? 체이스를 만난 적이 있단 말인가요?"

나는 열이 오른 나머지 다그쳐 물었다.

"이 물건은 주벤이 나에게 선물한 거예요. 확인해서 알겠지만, 우리는 인생의 파트너가 되기로 약속한 사이죠. 꼬챙이처럼 생긴 이 물건은 아주 오랜 세월과 많은 사람들을 거쳐 내 손에 쥐어졌어요. 다르게 말하면 미래의 당신에게 돌아간다는 뜻이죠. 당신의 과거와 현재, 그리고 미래로 이어진 사람들의 계주 경기라고나 할까요?"

"아직 내 질문에 대한 답을 하지 않은 것 같은데요?"

"이것은 당신의 기억 속 아쇼디와 헨리, 그리고 체이스로 연결되는 무언의 징표 같은 물건이에요. 서로가 계속 이어지는 생에서 주고받으며 당신의 무의식을 자극하는 몫을 해내기를 기대했다고 설명할 수 있겠네요."

엘렉트라는 쥐고 있던 열쇠를 테이블 위에 놓으며 말했다.

"원래 자리로 옮겨 놓아요."

내 머리통은 삽시간에 아수라장으로 변했다.

"잠깐! 잠깐만요!"

수만 가지 물음표들이 손을 들고 고래고래 아우성쳤다.

"당신이 사는 곳은 현재와 얼마나 떨어져 있나요? 체이스가 날 결혼식에 초대하지 않는다는 각본은 여전히 유효한 겁니까? 당신이 지구에 사는 건 맞나요? 아님 지구 멸망이 진짜로 일어난 건가요? 체이스는 괜찮은 겁니까? 그럼 이번 생이 나쁘지 않다는 건가요? 제3차 세계 대전입니까? 아니면 외계인 침공? 그래서 인간은 화성으로 이주하는 게 팩트인가요? 영화에서 흔히 나오는 5차원의 세계가 존재하긴 하는 겁니까? 참, 그래서 당신은 지금 시간 여행을 하고 있는 중인가요?"

나는 심상에 떠오르는 질문을 닥치는 대로 해 댔다. 순서도 없이 엉망진창이었다.

"저스틴, 당신의 심정을 이해하지 못하는 건 아니에요. 하지만 미래에 관한 정보를 함부로 밝히는 건 금기 사항 중 하나예요. 내가 해 줄 수 있는 대답은 이것뿐이군요. 난 당신을 돕기 위해 왔다는 것. 당신과 나는 하나의 영혼이니까요."

머릿속 물음표들이 힘을 잃고 우수수 떨어져 흩어졌다.

"당신은… 주벤과… 행복하게 삽니까……?"

나는 더듬대며 겨우 물었다.

"미안해요. 말해 줄 수 없어요. 나의 프라이버시이니까요."

오늘은 틀렸군.

나는 하는 수 없이 알과 열쇠를 양손에 들었다.

"올라가요."

엘렉트라의 중음이 명령했다. 나는 그녀의 말대로 체이스 침실로 올라가 알과 열쇠를 제 위치에 얌전히 두었다.

―――

3박 4일이라는 길고도 짧았던 시간이 어떻게 흘러갔는지 잘 모르겠다. 나는 혐오스러운 혼령에 홀린 사람처럼 이리저리 휘둘리며 시간을 보냈다.

체이스와 함께 데이브 앤 버스터즈에 갔고, 스키장에 갔고, 스타워즈 밀레니엄 팔콘 레고 세트 완성을 도와주었다. 체이스와 작별 인사를 나눌 때가 되어서야 나에게 주어진 황금 시간이 끝났다는 것을 실감했다.

"체이스, 침대 밑에서 특이한 모양의 럭비공을 봤는데…… 선물로 받은 거니?"

"아빠 봤어요? 그거 다시 묻어야 해요."

체이스는 눈을 반짝이며 말했다.

"묻…어……?"

"지난가을에 친구 마크의 가족과 함께 캠핑을 갔었어요. 아침을 먹고 마크와 함께 야영지 근처에서 보물찾기 게임을 하고 있었는데, 같이 있던 바크 트웨인이 갑자기 없어진 거예요."

"바크 트웨인?"

"마크의 5살 먹은 블랙 래브라도 레트리버예요. 재밌지만, 천방지축인 녀석이거든요. 아무튼 한참 이름을 부르고 헤매다 결국 찾았는데, 바크 트웨인이 땅을 파서 이만한 구덩이를 만들어 놓았어요."

체이스는 양팔까지 크게 벌려 구덩이의 크기를 설명했다. 나는 아이의 귀여운 과장법에 절로 웃음이 터져 나왔다.

"거짓말이 아니라구요!"

"그래, 그래. 거짓말 아닌 건 아빠가 잘 알지. 그래서 그 구덩이를 어떻게 했니?"

"구덩이 안에 있는 물건을 빼낸 후에 흙으로 다시 메웠어요. 사람들이 지나가다 자칫 빠지거나 하면 안 되니까요."

"참 잘했구나."

나는 체이스의 머리를 쓰다듬었다.

"마크랑 나랑 세 달씩 가지고 있기로 약속했어요. 처음 세 달은 마크가 가지고 있었고, 올해부터 내가 가지고 있는 거예요."

"그런데 왜 다시 묻지?"

"그냥요. 어쩐지 그래야 할 거 같아서요. 꿈에서도 그래야 한다고 했어요."

"꿈?"

"네, 꿈이요. 꿈속에서 어떤 사람이 나타나 원래 있던 자리에 묻으라고 했어요."

"어… 어떤 사람이었니?"

"모르겠어요. 그냥 평범한 남자였어요."

나는 더 이상 묻지 않았다. 다만 체이스를 꼭 껴안았다.

꿈에서 본 남자는 주벤인가 하는 놈이었겠지.

Mr. Browning

나는 일순간 움찔했다. '체이스의 또 다른 자화상 아니던가!' 하는 부르짖음이 내 뒷머리를 강타했기 때문이었다. 동영상에서 본 주벤과 엘렉트라의 정겨운 모습이 구름처럼 지나갔다.

2

한 통의 편지가 도착했다. 법률사무소에서 보낸 것이었다.

    Parsons & Parsons, LLC
    Dick J. Parsons
    Dick J. Parsons, Jr.

들어본 적도 없는 변호사 이름이었다. 수취인으로 내 이름과 현 주소가 정확히 명시되어 있는 점이 조금 짜증을 불러일으켰다. 내용은 알 수 없지만 사라의 변호사일 공산이 높았기 때문이었다. 나는 봉투를 뜯어 내용물을 펼쳤다.

    Dear Mr. Browning,

    나는 돌아가신 고 엘레나 브라우닝 여사의 변호사인 딕 파슨스라고 합니다.

브라우닝 여사의 유언서 개봉에 관해 알려드립니다. 브라우닝 여사의 유언에 따라 그녀의 장례일로부터 정확히 108일이 지난 이후 개서하는 것입니다. 개봉 날짜는 오늘로부터 30일 후인 6월 6일입니다.

시간과 장소는 귀하의 편의에 따라 정할 예정이오니, 이 메시지를 받는 대로 연락을 취해 주시면 감사하겠습니다.

Sincerely yours,
Dick Parsons

어머니의 변호사가 보낸 것이었다. 그녀에게 개인 변호사가 있었는지 전혀 모르고 있었다. 아마도 예전부터 아버지의 일을 맡던 변호사인 듯했다.

유언장을 장례일로부터 108일 후에 개봉하라는 어머니의 유언이라…….

나는 어리둥절했으나 그 내용이 궁금했다. 모르고 있던 미납 세금과 같은 부채 정리만 아니라면 좋겠다는 간절함이 침샘에 가득 고인 침처럼 솟아 나왔다. 6월 6일이라면 한 달도 채 남지 않은 상황이었다. 공연스러운 걱정덩어리가 벌써부터 나를 들볶았다. 빠듯한 재정에 더 이상은 무리였다.

미래의 '나'라고 우기는 사람이

현재의 궁핍한 생활을 모르는 척하다니!
잘 구슬려 볼까?
돈 나올 바늘구멍이라도 있으면 알려 달라고.

'모든 정답은 당신의 과거에 있어요.'

어김없이 엘렉트라의 음성이 날아들었다. 한 치의 오차도 없는 직사포 탄 같았다.

'여성 편력의 열정을 일깨우기 위한 중대한 결정이었어요.'

나는 여전히 '엘렉트라 충격'에서 벗어나지 못하고 있는 중이었다.

정욕에만 흐르는 못나고 천한 마음.
그 결과라고?
그래도 너무 잔인하잖아…….

나는 매일 아침 끔찍스러운 착시 현상을 견뎌야만 했다. 성에 낀 거울에 비친 나의 헐벗은 육체 위로 엘렉트라의 부드럽고 풍만한 육신이 겹쳐 보이는 시각적 착각 말이다. 나의 뺨을 간지럽히는 작은 먼지도 옥수수수염 같은 엘렉트라의 머리칼인 듯한 망상을 떨쳐 내야만 했다.

나는 밤마다 잠을 설쳤고, 식욕과 성욕은 바닥으로 떨어졌다. 나오미는 점점 수척해지는 내 얼굴을 보며 매일같이 걱정을 해 댔다. 내가 봐도 몰골이었다.

볼품없이 말라 버린 얼굴.
탄력 없이 축 치진 피부.
눈 밑을 거무스름하게 장식하는 다크서클.

아무리 씻고 멋을 부려 봐도 칙칙한 것이 궁상맞고 흉했다. 거울이란 거울은 모조리 없애 버리고 싶을 정도였다.

'오스윈의 어머니 마벨의 심정이 이제 이해가 가나요?'

엘렉트라의 음성이 찌르르 귀청을 울리다 사라졌다.

3

기적이 일어났다. 나는 온 집안을 돌며 펄쩍펄쩍 뛰어다녔다. 여전히 믿을 수가 없었다. 나는 빳빳한 지불 보증 수표를 다시 한 번 확인했다.

PAY TO THE ORDER OF JUSTIN BROWNING
$1,000,000.00
ONE MILLION DOLLARS

친숙한 어머니의 서명이 나에게 상속된 재산임을 증명했다. 갑자기 슈퍼맨이 된 기분이 들었다. 뭐든 할 수 있을 것 같았다. 빌린 카일의 돈과 사라에게 보내야 할 양육비는 이젠 문제도 아니었다.

'엘레나의 주된 임무는 당신이 완전한 삶을 영위하게 하는 것이었어요.'

엘렉트라의 말이 허풍이 아니었다. 어머니가 만들어 준 '100세까지 살 수 있는 환경'이란 바로 이것이었다. 나는 그 어떤 성경 문구보다 더 진실된 엘렉트라의 말귀에 감격의 눈물이라도 쏟을 지경이었다.

새로운 사업 구상이라도 해 볼까?
아니면 투자할 만한 선물이라도 알아볼까?

여러 가지 아이디어가 샘물처럼 퐁퐁 솟았다.

"그간 미루었던 여행을 다녀오자. 생각은 거기서 해."

나오미는 양팔로 나의 목을 감싸며 말했다.

"어디가 좋을까?"
"로스카보스. 그곳으로 떠나, 우리."

minnim

Mr. Browning

POST-VACATION BLUES II

휴가 후유증 II

minnim

"드디어 숙면에서 깨어났군. 이젠 기분이 좀 좋아졌겠지."

코를 찌르는 중국 한약재와 흡사한 싸구려 커피 향이 풍겨 왔다. 은빛 텀블러를 한 손에 쥔 놈의 모습과 더불어. 그의 엷은 회색 눈과 네모나게 각진 넓은 턱이 나의 시야에 바싹 들어왔다.

션 던!
더 정확히는 수색견.
그러니까 개자식.
컹! 컹!

나는 션의 히죽거리는 입매에 눈길을 쉼 없이 던졌다. 그러는 동안 그의 입술이 떫고 쓴 액체에 두 번 담금질을 했다.

나는 가늘고 푸른 혓바닥을 목격하기만을 숨죽여 기다렸다. 하지만 그는 베테랑이었다.

"지난 2박 3일 내내 던졌던 것과 동일한 질문을 다시 하지. 소아성애자인 당신이 장기간에 걸쳐 개인용 컴퓨터에 수천 개의 아동 음란물을 불법적으로 다운로드, 소장한 혐의를 인정합니까?"
"수정 헌법 제5조에 의한 묵비권 행사."

나는 빠른 어조로 내뱉었다.

녀석은 이미 수정 헌법 제4조도 간단히 어긴 범법자야.
이 좁아터진 방에서 제5조를 외치는 것쯤이야
엄연한 권리이지.
그나저나 에프비아이(FBI)에 의해 체포되는 시나리오라니!
나의 100년 인생이 보장되는 이 시점에.
도대체 누가 꾸민 공작질일까?
그것도 휴가에서 돌아오자마자!

파렴치한 후보들의 모습들이 휙휙 지나갔다. 심증만 넘쳐나는 현실에 나도 모르게 입술을 꽉 깨물었다. 나는 끈질기게 션의 거뭇한 입술이 열리기만을 기다렸다.

움찔거리던 그의 입술이 이내 양옆으로 쫙 벌어졌다. 오라일리 맥주집에서 항상 보던 특유의 미소였다. 물론 그때는 '인심 좋은 술집 주인의 따뜻한 미소' 정도로 여겼지만, 지금은 아니다. 어림없다.

홀라당 넘어가는 나의 얼빠진 모습을 보는 깃 지채가
너에겐 재미난 구경거리였겠지.
구역질 치미는 쓰레기 같은 놈아!

모는 것이 조작이었다. 원벽히게 꾸민 연극 속에서 놀아난 것이었다. 션은 톰 오라일리의 친척도 아니었고, 주류 사업에 관심 있는 젊은 사업가는 더더욱 아니었다. 술집 곳곳에 도청 장치를 해 놓고 내 입에서 새어 나온 시답잖은 말들을 시시콜콜 죄다 엿듣기나 한 교활한 작자일 뿐이었다.

쥐새끼 같은 놈!
얼마 동안 날 감시한 거야?

"배도 고플 텐데, 밖으로 나가는 게 어떻겠소."

션은 방문을 활짝 열었다. 달짝지근한 냄새가 나는 듯했다.

나는 침대에서 내려갔다. 속옷만 걸치고 있는 나의 초라한 몸뚱이를 발견할 수 있었다. 나는 눈을 크게 뜨고 여기저기 휘휘 둘러보았다. 션이 구석에 세워진 옷걸이를 눈으로 가리켰다.

네 놈이 벗긴 거냐?

나는 눈알을 잔뜩 부라리며 옷을 주섬주섬 입었다. 션은 '끝났으면 방에서 나가시오.' 하는 제스처를 취했다. 나는 최대한 천천히 걸어 방에서 나갔다.

꼬르륵.

솔솔 풍기는 달콤하고 고소한 음식 냄새에 굶주린 위가 즉각 반응했다.

아니, 여긴……!

나도 모르게 머리를 감싸 쥐었다.

협소한 리빙룸과 부엌.
달랑 몇 점의 생활 가구.

처음 온 장소가 아니었다. 바로 엘렉트라와 함께 온 적이 있는 허름한 통나무집의 내부 모습이었다.

"여기가 어딥니까……?"

나는 의자에 털썩 주저앉고 말았다. 잔꾀가 비상한 사기꾼에게 희롱을 당한 느낌이었다.

"그건 알 필요 없소."
"코네티컷 웨스트포트 근처 아닙니까?"
"그런 확신은 어떻게 하는 거요?"

션은 맞은편에 있는 의자를 당겨 앉았다. 확장된 그의 동공이 무섭게 빛났다. 나는 입을 닫고 의자 등받이에 기대어 그럴듯하게 안정적인 자세를 취했다. 억지로 말이다. 놈에게 밀리고 싶지 않았다. 그리고 왠지 '칼자루는 내가 쥐고 있는 것인지도 몰라.' 하는 비상식적 생각이 뇌리를 파고들었다.

"먹고 다시 시작합시다."

션은 자리에서 일어났다. 그는 곧 비닐봉지를 들고 오더니 탁자 위에 음식이 든 용기를 하나씩 올려놓았다.

오리 수프.
재스민 쌀밥.
그린 카레.
팟 타이.

상호나 로고조차 없는 하얀 비닐봉지였지만, 그린 팜스 기차역 근처에 있는 방콕 파라다이스 식당에서 픽업했음이 분명했다.

아주 졸졸 따라다녔구먼.

나는 보란 듯이 음식을 하나씩 집어삼켰다. 션은 손깍지를 끼고 의자에 앉아서는 우물우물 음식을 씹는 나의 모습을 구경만 했다. 나도 질 수 없어 션에게서 거의 눈을 떼지 않았다. 놈이 맥주집 주인이든, FBI 요원이든 나에겐 별로 중요하지 않았다. 단지 '소아성애자'라는 억울한 누명을 벗어야 한다는 단호한 의지력만 높이 상승하고 있을 뿐이었다.

식사를 마치자마자 션은 곧바로 심문에 들어갔다. 심문이라기보다는 질문 공세에 가까웠다.

"시간 여행에 관해 더 자세히 설명해 보시오."
"뭘 어떻게 더 설명하란 말입니까?"

"어떤 방법으로 과거에 갔으며, 가서 누굴 만났으며, 어떤 일이 있었는지 구체적이고 상세하게 밝히란 말이오."

나는 션에게 내 전생 체험이 왜 이토록 중요한 일인지 되묻고 싶었다. 다만 지금은 나의 안녕을 위해서 그럴싸한 핑곗거리라도 만들어 내야 했다.

"난 아무것도 몰라요. 엘렉트라라는 여자만 따라다녔을 뿐이라니까!"

어쩔 수 없었다. 내가 살아야 엘렉트라도 있는 것이니까. 오히려 나를 이 지경에 빠지게 한 엘렉트라를 잠시 원망했다. 션은 말을 멈추더니 한동안 바닥을 쳐다보았다.

"나와 거래 하나 하겠소?"
"거래?"
"그렇소. 만약 엘렉트라를 내 앞에 데려다 놓는다면, 당신의 모든 혐의를 없애 주겠소. 하지만 이 거래를 받아들이지 않는다면, 나는 무슨 일이 있어도 당신의 남은 인생을 감옥에서 썩게 만들 것이오."

션은 살 떨리는 흥정을 걸어왔다. 나는 그의 표정에서 반드시 성사시키고야 말겠다는 단연한 결의를 엿볼 수 있었다.

엘렉트라는 미래의 나.
만약 엘렉트라가 놈의 손에 잡히기라도 한다면,
나의 미래는 어떻게 되는 것일까?
그렇다면 체이스의 미래까지 바뀌게 되는 걸까?
그런데 정말 엘렉트라가 나를 이곳으로 데리고 왔던 까닭이 뭘까?
오늘의 이 사건을 미리 알고 있었단 말인가?
혹시 놈에 대해서도 알고 있었다는 얘기인가?
그렇다면 어째서 나에게 경고조차 하지 않은 걸까?
왜?

머리가 깨질 것 같았다. 조금 전 먹은 오리고기가 날개라도 달고 식도 위로 날아오를 기세였다.

"오후에 다시 오겠소. 그때까지 결정을 내리는 게 좋을 것이오. 당신의 아들을 위해서라도."

션은 탁자 위에 알약 두 알을 놓으며 말했다. 색과 모양으로 보아 두통약처럼 보였다. 이윽고 현관문을 밖에서 걸어 잠그는 소리가 짤깍짤깍 들렸다. 놈은 그렇게 나의 약점을 쿡 쑤셔 놓고는 나가 버렸다. 나는 자리에서 용수철처럼 튀어 올랐다. '쥐어짜서라도 알아내야 해!' 하고 귓바퀴를 난타하는 급박한 음성이 나의 심장까지 뒤흔들었다.

일단 션이 인심 쓰듯이 남기고 간 두통약을 입안에 던져 넣었다. 이 시점에서 가장 중요한 '맑은 정신'을 유지해야 했다.

조금이라도 놈에게 여지를 주거나,
바보 같은 소릴 해선 절대 안 돼.
괜한 입방정 떨었다가는
체이스와 나오미까지 힘들어질 수 있어.

문제는 엘렉트라였다. 그녀는 션이 생각하는 것처럼 내가 내키는 대로 데리고 오거나, 필요할 때 부를 수 있는 존재가 아니었다. 나는 그녀가 살고 있는 시간적 공간이 현재에서 얼마나 떨어진 미래인지조차 정확히 알지 못했다. 게다가 종적을 걷잡을 수 없이 자유자재로 움직이는 그녀의 다음 방문 스케줄을 예상한다는 것 자체가 무리였다. 현재로서는 션의 호언대로 감옥에서 남은 인생을 보내야 할 가능성이 엄청나게 높았다. 오렌지 죄수복을 입은 나의 호졸근한 모습이 머릿속에 그려졌다. 나는 비좁은 리빙룸을 바쁘게 서성거렸다. 션이 돌아오기 전까지 어떤 묘책이라도 강구해야 한다는 무거운 압박감이 엄습해 왔다. 먼저 뇌 청소부터 시작해야 했다. 엘렉트라에게서 전달받은 방대한 정보의 정리정돈이 시급했다.

수마나쿤. 사고로 불시착한 지구에서 라키쉰과 생존하다 공룡의 공격으로 사망.

오스윈. 부인 아그네스를 폭행하다 나중에 그녀의 손에 독살당함.

보나. 스승이었던 키리의 가르침에도 불구하고 엉뚱한 짓을 하다 쫓겨남. 롤레이 사원에서 노역 중 일사병으로 사망.

하무첸. 괴물의 제물이 되어야 했으나 대신 친구 메발커스를 희생물로 만듦. 후에 일이 탄로 나서 부족의 리더였던 아쇼디 손에 죽음.

에트체민. 혼자 살기 위해 친구 아부크시군을 배신함. 결과는 병으로 사망.

프레드. 하찮은 욕심에 눈이 멀어 이웃 조셀린의 애완견을 훔침. 광견병 걸린 개에 물려 사망.

양진. 방정맞게 굴다 이웃 무오를 억울하게 죽게 만듦. 혼자 떠돌다 쓸쓸한 죽음을 맞이함.

결론은 의외로 간단했다. 각각의 시대와 환경에서 태어난 '나'는 여러 상황에 부딪히다 결국에는 여러 종류의 죽음을 맞이했다.

참사,
독사,
급사,
민사,
병사,
돌연사,

Mr. Browning

객사⋯⋯.

나의 현명하지 못한 선택이 주요인이었다. 물론 나를 자극하는 주변 사람이나 주어진 조건과 여건 등이 나의 행동반경의 영향권에 속해 있었으나, 모든 의사 결정은 나로 인해 이루어지는 것이었다.

저스틴 브라우닝. 심한 여성 편력과 만성적 거짓말로 일생을 영위하다 황당한 누명을 쓰게 됨. 감옥에서 인생을 마감함.

이것이 이번 삶의 여정인 것인가?
만약 그렇다면, 엘렉트라의 설명대로라면⋯⋯
죽은 후, 또 한참을 나의 서클 멤버들과 공부하고 토론하다가
다음 시나리오를 쓰게 되겠지.
주인공을 비롯한 엑스트라까지 모든 캐스팅을 마치고⋯⋯
그러다 나는 마침내 엘렉트라로 태어나는 걸까?

어찌 보면 꽤 단순한 과정이었다. 마치 악보에 그려진 음표를 따라 연주하다 도돌이표를 만나 같은 음절을 반복 연주하는 것과 비슷했다. 다른 점이 있다면 인생의 도돌이표는 하나일 수도, 혹은 엄청나게 많을 수도 있다는 점이었다.

완벽한 연주를 해낼 때까지 그 도돌이표는 없어지지 않겠지.

'이것만 기억해요. 난 당신을 돕기 위해 이곳에 왔다는 것을.'

엘렉트라가 옳았다. 그녀 덕분에 '인생은 별 거 아니다. 그냥 잘 살면 된다.'라는 명언 아닌 명언을 나 스스로가 읊게 되었다. 체이스의 얼굴이 물방울처럼 두둥실 떠올랐다. 그 옆으로 나오미의 방울이 둥실거렸다. 이어서 어머니와 아버지의 방울이 차례로 솟아올랐다. 카일의 방울도 그 뒤를 따랐다. 톡톡대며 터질 것 같은 방울들은 그냥 멀리멀리 날아갈 뿐이었다. 잊고 있던 옛 여자들의 얼굴도 나타났다. 사라를 비롯해 제시카, 에린, 안드레아, 리사, 메레디스, 린다, 질리, 제이미, 사만사, 멜리사, 에리카……

오, 제기랄!

그렇다. 도표에 그려진 8번째 행성의 주인공은 다름 아닌 션 던이었다. 지금 내 숨통을 조르고 있는 음흉한 도마뱀 말이다.

'빛을 향해 걸어와요.'

엘렉트라의 음성이 들려왔다. 이제 알 수 있을 것 같았다. 그녀가 나를 긴 회색 공간으로 인도했던 이유를. 나는 지체 없이 그녀의 상냥한 부름이 이끄는 빛을 향해 재빨리 발걸음을 옮겼다.

"라지뮤리안."

'어서 오십시오.'

사서가 인사했다. 그와 여섯 번째 만남이었다. 나는 이 여섯 번째가 가장 반기웠다. 사서는 여느 때와 같이 흔들림 없는 매우 침착한 모습이었다. 바싹 닥친 위험을 피해 달려온 나와는 극명하게 대조를 이루었다.

사서: 2만 5천 년 전 아틀란티스와 레무리아가 전쟁을 벌이던 시점입니다.

저스틴: 아틀란티스? 그리스 신화에 나오는 전설의 섬 아닙니까?

사서: 정확히 플라톤의 저서 〈티마이오스〉와 〈크리티아스〉에서 언급되었습니다.

저스틴: 그럼 전설이 아니란 말입니까?

엘렉트라: 전에 말해 주지 않았나요? 신화든, 전설이든, 설화든 모두 사실을 바탕으로 전해 내려온 스토리라고.

나는 본능적으로 알 수 있었다. 션과 나는 굉장히 억세고 질긴 끈에 묶여 있다는 것을 말이다. 놈은 끈질기게 나를 찾아다녔다. 예전에도, 지금도. 사라는 이 놈에 비하면 유쾌한 장난질에 불과했다.

사서: 아주 틀린 것은 아닙니다. 그러나 전쟁 이후 션은 단 두 번 환생했습니다. 지금이 그 두 번째입니다.

저스틴: 뭐라고요? 내가 십만 번 넘게 태어났다 죽었다 하는 동안 녀석은 꼴랑 두 번이란 말입니까?

엘렉트라: 그만의 목적이 있기 때문이죠. 우리가 추구하는 목표와 다를 뿐이에요.

우리?

엘렉트라는 벅벅 문질러 지우고 싶은 사실을 다시 한번 상기시켰다. 잊을 만하면 꼭 끄집어내는 것이 마치 세뇌 공작이라도 벌이는 것 같았다.

사서: 그럼 시작하겠습니다.

사서가 책을 열자 여느 때와 같이 낯선 광경이 순식간에 나타났다.

신전처럼 보이는 건축물이 보였다. 피라미드와 흡사한 모양의 신전은 세계 고대 유적지의 이모저모를 합쳐 놓은 듯한 건축 양식이었다. 그 안에서는 열띤 회의가 벌어지고 있었다. 황갈색 피부의 아틀란티스인들과 흑갈색 피부의 레무리아인들이었다. 대례복을 연상시키는 옷차림의 그들은 몸집이 무척 컸다. 적어도 키가 7-8피트는 되는 것 같았다. 자연사 박물관에서 보던 선사 시대 원시인의 모습과는 거리가 있었다. 양편으로 나뉜 그들은 지구를 어떻게 통치해야 하는지에 대해 의견의 대립각을 세우고 있었다.

당시 지구에는 아틀란티스와 레무리아 외에도
크고 작은 문명사회가 존재했었기 때문이지.
아틀란티스는 다른 문명의 통합 통치를 원했지만
레무리아는 아니었어.
레무리아는 다른 문명들이
그들 자체의 변화 속도에 맞춰 발전해야 한다고 주장했어.
그런데……

사서: 어째서 주저하십니까?

저스틴: …….

엘렉트라: 두려움이란 감정은 이 세상에 존재하지 않아요. 단지 당신의 의식이 필요할 때마다 바쁘게 생산해 낼 뿐이죠.

션과 내가 '카무차와 엘체'로 처음 이어진 순간이었다. 엘체는 아틀란티스의 최고 지도자들 중 하나였다. 같은 시기에 카무차는 레무리아의 정원사로 여유 있고 평화로운 삶을 영위하고 있었다. 그것도 인연이라면 인연이었다.

**아틀란티스와 레무리아 간의 이견은 좁아지기는커녕
점점 크게 충돌하는 지경에 이르렀지.
아틀란티스는 결국 은하계 동맹 중
몇몇 외계 파트너에게 도움을 요청했어.
긴 토론 끝에 우리는 결론을 지었어.
달 하나를 없애기로.**

엘렉트라: 저스틴, 오늘따라 유난히 소극적이군요.

저스틴: 모르겠어요. 뭔가 많이 잘못된 느낌이에요.

엘렉트라: 인간의 세계에서 이원성을 빼놓을 수 없어요. 선과 악의 개념처럼 말이죠. 잘못된 느낌이라고 했나요? 느낌은 느낌일 뿐이에요. 당신이 제작한 내면세계이죠. 일종의 방어 수단이라고 할까요? 모든 걸 그 순수한 상태로 인정하고 전진하도록 해요.

나는 미칠 것만 같았다. 아무리 눈알을 굴려 보아도 작은 틈조차 보이지 않았다. 이러지도 저러지도 못하고 궁지로 몰린 불쌍한 사냥감은 최후의 발악이라도 해야 했다.

드디어 때가 정해지고 말았어.
두 개의 달 중 하나가 외계인의 우주선에 의해
지구 대기권 가까이 끌어당겨졌어.
그러자 달은 레무리아 대륙 위에서 공중 폭발해 버렸지.
주민 대부분이 잠들어 있는 동안 달의 잔해가 그들을 덮쳤어.
수많은 지하 가스전의 폭발로 발생한 엄청난 진동은
재난을 더욱 증폭시켰어.
그 결과 레무리아 대륙의 거의 모든 곳이
하룻밤 사이에 초토화되었고,
6천만 명이 넘는 레무리아인들이 몰살당했지.
카무차도 수많은 희생자 중 하나였어.

불지옥으로 변한 레무리아를 무덤덤하게 바라보는 얼굴이 나타났다.

회색빛 피부.
다갈색의 머리털.
아몬드 모양의 보랏빛 눈.
샐러드 그릇을 엎어 놓은 듯한 헤어스타일……!

저스틴: 카일!!!

사서: 맞습니다.

엘렉트라: 저스틴, 멈추지 말아요.

카일은 베가성 시스템에 위치한 알크루스 행성에서 보낸 캡틴 '후비로쿠'였다. 엘체와 후비로쿠는 수정 결정판을 이용한 파워 네트워크로 교신을 하며 레무리아의 최후 심판일을 도모했다.

후비로쿠와 나는 몇 번의 환생을 반복하며 결속을 다졌어.
카르마의 법칙과 같은 에너지에 의한 환생이었다고나 할까?
만약 오늘 죽는다 해도 곧 환생할 것을 우리는 알고 있었어.
매우 당연하게 여겼으니까.
그리고 영적으로 진화된 우리는
생명이 없는 것으로 간주되는 물질과도 의사소통이 가능했어.
외계인과 교류 또한 완벽하게 정상적인 것이었지.
시리우스나 플레이아데스 출신의 외계인들이
지구인으로 환생할 정도였으니까.

놀라운 광경들이 아주 빠르게 지나갔다. 일일이 셀 수 조차 없는 막대한 분량의 정보에 구역질이 왈칵 치밀 지경이었다.

사서: 아틀란티스의 마지막 사이클입니다. 소위 철의 시대라고 불리는 이 시기는 아틀란티스의 암흑기였습니다

저스틴: 가슴이 조여 오는군요. 곧 끔찍한 일을 목격할 것만 같아요.

엘렉트라: 저스틴, 당신은 단지 과거를 회상하는 것뿐이에요. 스릴러 영화를 본다고 해서 실제로 연쇄 살인범이 나타나지는 않겠지요. 비슷한 사건이 일어날 수는 있지만, 그 확률은 매우 낮은 것과 같은 이치죠.

사서: 진행하겠습니다.

엘렉트라와 사서는 단호했다. 자연스러운 현상이었다. 내 가련한 엄살이 그들에게 먹힐 리가 없었다. 그와 동시에 산란하게 번쩍이던 많은 장면들이 죽어가는 별처럼 하나둘 사그라졌다. 뇌 속에서 일렁이던 빛의 그림자도 낮게 잦아들었다. 아틀란티스의 아름다운 전경이 사방에 펼쳐졌다. 다수의 중심원으로 이루어진 도시는 잔잔한 물 표면에 형성된 파문을 떠올리게 했다. 거미줄처럼 뻗은 상당수의 육로가 물과 땅을 연결하고 있었다. 곳곳에 설치된 크리스털들은 굴절과 반사 현상을 일으키며 오묘한 빛을 발했다. 신전이 세워진 언덕 위에서 도시를 굽어보는 두 사람이 보였다. 카일과 나였다.

무카와 가누크.
우리는 재료 공학의 수준을 한 단계 끌어올린
젊은 과학자들이었어.
크리스털은 단순한 돌덩이가 아니라,
그야말로 살아있는 물질이었지.
단순한 빛의 현상이 아니었어.
대사제들이 진동을 이용해
물질의 분자 배열을 조정하는 것에 착안한
위대한 과학 기술이었어.
우리는 머릿속에서 만들어 낸 정신적 괴물을
결정체로 만드는 방법을 성공시켰어.
생각보다 쉽고 단순한 기법이었지.
그런데 문제는 하질의 미물들이었어.
유전 공학의 힘으로 탄생한 낮은 지능의 노예들이
악마적 성향을 지닌 외계인들과 손잡을 줄이야!
어느 시대 어느 사회를 막론하고
인류 생존을 위협하는 오염물 같은 등신들.
두뇌 회전만 느린 게 아니라,
사회악을 일삼는 독버섯으로 자라나거든.

    푸른 하늘이 삽시간에 핑크빛으로 물들었다. 곧이어 핑크빛은 황금빛으로, 에메랄드빛으로 시시각각 변화하기 시작했다.

Mr. Browning

무카와 가누크는 오색찬란한 하늘을 경이롭게 바라만 보았다. 눈 깜짝할 사이였다. 여러 가지 빛깔이 한데 어울려 환하게 비치던 하늘에서 빛줄기가 쏟아져 내렸다. 아틀란티스 상공에 위치한 인공위성에서 발사된 레이저 광선이었다.

그때에 이르러서야 비로소 깨달았어.
아리아 놈들의 공격이 개시되었다는 것을.
힘도 능력도 없던 소수 민족 녀석들의
간악한 속임수에 넘어갔다는 사실도 함께 말이야.
무카와 나는 에너지 점화 장치를 작동시키기 위해
신전으로 달려갔어.
상황이 위기일발 직전까지 내리 닥쳤다는 것을
부인할 수 없었으니까.
크리스털 안에 가둔 괴물들을 하나씩 풀어 주는 것이
우리의 1차 작전이었지.
바로 그즈음이었어.
성스러운 신전 주변을 얼쩡거리는 수상한 그림자를 발견했어.
놈은 아무런 망설임도 없이 우리를 향해 다가왔어.
검푸른 혓바닥을 날름대며 말이야.
나는 놈이 유전자 복제 프로그램으로 만들어진 노예이거나,
돌연변이 교배를 통해 생겨난 반인반수 생명체라고 생각했지.

저스틴: 션 던!

사서: 그의 첫 번째 환생입니다.

저스틴: 이렇게 끝나 버렸군요. 놈이 눌러버린 버튼 하나로.

엘렉트라: 비참한 결과를 초래하긴 했어요. 과부하가 걸린 인공위성은 시스템 전체를 폐쇄시켜 버리고 말았으니까요. 전례가 없는 대폭발로 발발한 재난 사태는 지구의 축까지 바뀌게 하고 말았군요. 하지만 그 원인을 자세히 따져보면 눈부시게 발전했던 아틀란티스의 몰락은 첨단 기술의 남용으로 비롯된 거죠.

저스틴: 설마 이 놈이 현존하는 도마뱀 인간의 시조입니까?

엘렉트라: 그중 하나라고 할 수 있죠.

저스틴: 원하는 게 뭡니까? 복수극이나 하려고 내 뒤꽁무니를 밟는 건 아닐 테고.

엘렉트라: 지금쯤 알아차렸을 텐데. 아닌가요?

내 추리가 맞다면 놈은 돌아갈 집을 잃고 헤매는 '미아'였다.

Mr. Browning

minnim

Mr. Browning

THE BONE OF CONTENTION

불화의 씨

minnim

1

문이 덜컥 열렸다. 눈을 크게 치뜬 션의 모습이 나타났다.

"뭘 하고 있는 거요? 나는 아주 명료한 메시지를 전달했소."
"드라코니스 큐 19045."
"뭐라고?"
"아쿠로."

엉?

기선제압이 필요했다. 이 지리멸렬한 경주의 흐름을 주도해야 했다. 꼭두각시놀음에 장단이나 맞추고 있을 시간이 나에겐 절대적으로 없었기 때문이었다. 하지만 정신 나간 혓바닥은 내 의지와는 무관하게 위아래로 날뛰고 있었다.

"난 경고했소. 제시한 거래를 수용하지 않는다면…"
"아쿠로. 난 당신의 옛 이름을 부르고 있는데?"

뭔 짓이야?
이 막중한 타이밍에!

션의 홍채가 잠시 노랗게 발광했다. 그의 동그란 검은 눈동자가 팍 찌그러지더니 일순간 다이아몬드 모양으로 변형되었다. 션은 재빨리 눈을 몇 차례 깜박거렸다. 그러자 눈알은 이내 회색빛을 되찾았다.

"2만 5천 년이 넘는 기간 동안 찾지 못한 길이 날 협박하면 나올 거라고 생각하나요?"

전혀 예상치 못했던 일이 마법처럼 일어나고 있었다. 무의식이 의식을 뚫고 세상 밖으로 뛰쳐나오는 것만 같은 묘한 느낌이 온몸을 칭칭 동여맸다.

"아까부터 꾸준히 횡설수설이군. 미안하지만 그런 낡은 수법은 통하지 않으니 당장 그만두는 게 좋을 거 같소."
"션 던. 이것은 당신의 세 번째 생이고, 당신과 나는 과거와 현재를 통틀어 딱 두 번 마주친 사이이지. 처음은 아틀란티스 신전에서, 그리고 두 번째는… 바로 여기에서."

션은 손목시계를 확인했다. 그의 입 양쪽 구석에 작은 미소가 이끼처럼 돋아났다.

"앉으시오."

션은 의자를 가리켰다.

앉지 마!

의자에 앉아서는 절대 안 된다는 육감이 나를 세게 갈겼다. 션은 의자 하나를 잡았다. 그리고는 내가 서 있는 방향으로 천천히 의자를 돌렸다. 엉덩이를 의자 위에 얹은 그는 다리 하나를 다른 무릎 위에 척 올려놓았다. 꼴사납게 거들먹거리는 모양이 예전에 그에게서 느꼈던 에너지 파장과 흡사했다.

"좋소. 그렇다면 나는 여기 앉아서 당신의 이야기를 들어 보겠소."
"마음의 준비는 되었나요?"
"흐흐…… 언제나."

냉랭한 실눈을 짓던 션은 아래턱에 힘을 주었다.

"당시 우리가 살던 시대는 복잡한 사건들이 연달아 터지던 상황이었어요. 고도로 발달된 과학 기술, 외계로부터 들어온 다수의 무형 개체들, 종족 번식을 위해 만연하게 행해지던 카니발리즘, 마구잡이식으로 진행되던 이종 교배……"

나의 굼뜬 행동과는 달리 내 입은 쉬지 않고 달렸다. 처음엔 뇌 운동과 입 운동 사이에 동기화 현상이 일어나는 듯했다. 손뼉 치기 놀이라도 하는 것처럼 박자가 척척 맞아떨어졌다. 그러나 뇌 운동은 곧 탄력을 잃고 말았다. 입 운동의 속도를 따라가지 못하고 뒤쳐져서 헥헥거리기나 할 뿐이었다.

"계속하시오."

"그 와중에 자칭 '벨리아스의 아들'이라고 떠벌리던 자들이 우리로부터 떨어져 나갔습니다. 그들은 자기 계발을 제외하고는 어떤 기준도 좌표도 없는 불쌍한 존재였죠. 신기술을 습득해서 세상을 통치하려는 목표 실현에만 눈이 뒤집힌 상태였으니까요. 우리와 함께 동맹을 맺은 외계 세력들은 중간에 껴서 우왕좌왕하기만 했습니다. 그런데……"

"그런데…?"

"새로운 외계 세력이 갑작스럽게 등장합니다. 우리와 접촉한 적이 없는 방문자들이었죠. 그들은 지구로부터 약 309광년 떨어진 곳에서 살고 있던 종족이었는데… 그동안 한 번도 나타나지 않은 게 좀 이상했어요."

"왭니까?"

"309광년은 그다지 먼 거리가 아니거든요. 그들의 기술력으로 쉽게 오고 갈 수 있는 거리라는 뜻입니다. 게다가 우리는 이미 다른 차원으로 이동하는 방법을 터득하고 있었기 때문에 근거리는 물론이고, 1억 광년 넘게 떨어진 곳에 있는 외계인들과도 예사롭게 만났단 말입니다."

"다른 차원? 그럼 4차원으로 가는 법을 알고 있었단 말이요?"

"4차원 정도는 너무 간단하죠. 5차, 6차…… 몇몇 고명한 대사제들은 7차원도 들락날락했습니다."

션은 놀란 표정을 지우려고 급히 입술을 움직거렸다. 가느다란 혓바닥이 입술 사이를 뚫고 나왔다. 그의 홍채 빛깔도 덩달아 회색에서 노란색으로, 그리고 본래의 회색으로 신호등 불처럼 번뜩번뜩 바뀌었다.

**하! 네 놈의 감정이 변할 때마다
눈깔이랑 혓바닥이 쭈르르 쌍으로 회전목마를 타는구나!
원한다면 롤러코스터도 태워 주지!**

"2만 6천 년 사이클이 시작되었을 때부터 잘못되기 시작했어요. 우주에서 발생하는 모든 일들과 마찬가지로, 이것은 단순한 우연이 아니었어요. 이 주기는 모든 것이 이중성으로 구성되도록 예정되어 있었단 말입니다."

션의 무표정한 얼굴이 보였다.

"……왜냐하면 선과 악을 포용한 사회에서 깨달음을 얻는 영혼으로 성장하는 단계가 미리 설계되어 있었기 때문이죠. 벨리아스 종족이 나타난 것도 다 그런 이유 중 하나였어요."

반면 그의 홍채는 밝은 빛을 내뿜고 있었다.

엘렉트라가 찾아와서 긴 일장 연설을 늘어놓을 때마다 나도 저런 얼굴이었을까?

그러고 보니 이러고 있는 나의 모습이 그녀와 많이 비슷할지도 모른다는 생각이 얼핏 들었다. 또다시 파도처럼 밀려드는 일체의 작용을 느꼈다. 자각을 잃은 원시적 충동 말이다. 비로소 나는 출렁이는 물결에 의식과 정신을 던져 넣기로 마음을 먹었다.

"자기만족과 방종을 일삼던 벨리아스 종족은 유전 형질을 변이시키는 기술을 이용해 새로운 인종을 창조했어요. 열성 형질로 구성된 이들은 낮은 지능과 비정상적인 육체적 기능을 가진 노예 인종이었습니다. 온갖 더럽고 궂은일을 처리하는 일종의 인간 로봇. 션, 당신이 바로 그중 하나였습니다……."

나는 입술과 혓바닥에 가속도가 붙고 있음을 알아차릴 수 있었다. 그러나 속도 조절이 불가능했다. 션의 동공이 무섭게 확장되었다. 그의 노란 홍채가 둥근 띠처럼 보일 정도였다. 고지에 거의 다 다른 느낌이 들기 시작한 것도 바로 그 순간이었다.

"……그 시기에 나타난 새로운 외계 세력은 매우 부정적인 성향을 갖고 있었습니다. 또한 그들은 인간이 물질세계에서 육체적 욕구와 쾌락적 만족을 숭배하는 것을 부채질했습니다. 그런데 문제가 하나 있었죠. 바로 지구의 중력. 지구에서는 그들의 무한한 수명을 유지하지 못한다는 사실을 알아차리고 만 것입니다. 그래서 그들은 인간의 육체에 자신들의 유전자 정보를 다운로드하기로 결정하죠. 첫 번째 테스트 그룹으로 지능과 감성 지수가 낮은 노예 인종을 선택합니다. 물론 당신도 그 그룹에 속해 있었어요."

입 다물고 듣고만 있던 션이 드디어 말문을 열었다.

"이런 삼류 공상 과학 소설 속 이야기가 거래에 도움이 될 거라 생각하는 거요?"
"상관없어요. 거래는 처음부터 없었으니까."

고음과 중음이 동시에 맞물려 들리는 신기한 음성.

독특한 음성이 생생하게 고막을 타고 흘러들어 왔다.

내 목소리가 아니야!
엘렉트라의 목소리야!

'헤이, 듀드! 눈 좀 떠 봐. 눈을 뜨라고!'
'허니, 정신 차려요! 제발!'
'여긴 어떻게 온 거예요?'
'음성 메시지를 받았어요. 주소도 함께.'
'이상한 목소리 아니었나요?'
'맞아요. 마치 기계음 같이 단조로운 톤이었어요.'
'같은 녀석임이 분명하군요.'

카일과 나오미의 음성이 번갈아 들렸다. 늘어진 나의 몸을 일으켜 세우는 팔이 느껴졌다. 나의 머리칼을 살며시 쓰다듬는 손가락이 느껴졌다.

2

"시간 여행에 대해 더 자세히 알려 줘요."

나는 91번 도로 옆에서 목격한 기이한 장면을 잊을 수가 없었다.

"직선적 시간만이 절대적 시간 의식이라고 믿나요?"
"당연한 거 아닌가요? 아침에 뜬 해가 저녁에 지는 자연현상만 봐도 그걸 증명하지 않나요? 시간이 직선적이 아니라면 곡선적이라도 된다는 주장인가요? 그러면 시계는 왜 있는 겁니까?"
"알버트 아인슈타인의 상대성이론을 모르진 않겠죠?"

엘렉트라의 최고 장기인 변증법이 슬슬 고개를 내밀었다.

"제발 결론만 말해요. 결론만."

"당신이 숨 쉬고 있는 이 순간만을 시간적으로 '리얼'이라고 명명할 수 있어요. '현재'라는 틀 안에서 말이죠. 과거와 미래는 현재를 위해 부수적으로 발생하는 동 시간대 반사 현상이에요. 일종의 '지원시스템'이라고 할까요?"

나는 머리가 지끈 아파 오는 것을 느꼈다.

"그래서 시간 여행을 어떻게 한 겁니까?"
"운 나쁘게 엉뚱한 주파수와 혼선이 생긴 것뿐이에요. 종종 무전기나 라디오 사용 중 경험하는 것처럼 말이죠. 에트체민과 아부크시군의 전파가 잠시 뒤섞여 엉클어진 경우라고 생각하면 이해에 도움에 될 거예요."

진한 노란빛을 띤 호박색 눈을 가진 남자.

나는 구릿빛 피부의 남자가 아부크시군이였다는 것을 그제야 깨달았다. 오라일리 맥주집의 땅딸보 웨이트리스는 아부크시군이 보낸 메신저였다. 그리고 엘렉트라의 변화무쌍한 패션 또한 과거와 현재, 그리고 미래를 오가는 사이에 형성된 모습이라는 것을 비로소 알 수 있었다. 가끔씩 그녀의 얼굴 위에 내려앉던 노부의 모습이 가까운 미래의 내 모습이라는 사실도 덤으로.

"저스틴."

엘렉트라는 사뭇 진지한 표정으로 내 이름을 불렀다.

"이제부터 내 말을 잘 들어요. 이해하지 못해도 좋아요. 단지 기억만 해 둬요."

"그, 그러죠……."

나는 갑자기 기분이 뒤숭숭해졌다. 마치 폭풍 전야의 고요가 내 피부 속 깊숙이 스미는 느낌이었다.

"아부크시군을 목격한 자들이 더 있어요. 그들은 아부크시군의 흉내를 내며 당신을 현혹할 거예요. 형체 변형 기술을 이용한 착시 현상이라는 것을 반드시 기억하세요."

"형체 변형 기술이라고요?"

"가까운 미래엔 별 것 아닌 테크놀로지이니 그렇게 놀라지 않아도 돼요. 덕분에 핼러윈 파티는 아주 재미있어지죠."

"혹시……"

엘렉트라는 소리 없이 사라졌다. 평소와 같이.

minnim

Mr. Browning

POSTMORTEM

사후 검토

minnim

션은 스크린을 통해 나의 크고 작은 동작 하나하나를 철저하게 감시했다.

"그렇지. 골이 쑤시겠지."

션은 입안에 알약을 털어 넣는 나를 보며 씩 웃었다. 급하게 삼키는 내 모습을 보며 "두통약이라고 믿었음이 분명하군." 하고 빈정댔다.

"그것이 바로 진실을 말하는 알약이야! 슬슬 시작해 볼까?"

션의 두 눈이 밝게 빛났다. 그는 흥미로운 영화 관람이라도 할 생각에 신바람이 났는지 혓바닥을 치아 사이로 빠르게 넣었다 뺐다 하며 움직였다.

"나치스뿐만 아니라, 씨아이에이(CIA)도 애용했던 약물이지. 네 놈도 곧 별 수 없을 거라네."

션은 손목시계를 풀더니 타이머를 맞추었다. 의자에서 일어나 초조한 표정으로 이리저리 왔다 갔다 하는 내 모습이 스크린에 나타났다. 션은 연신 빙긋거리며 헤드폰을 썼다. 그는 다이얼을 조절해 적절한 음량을 맞추었다.

"어서 떠들어 봐!"

션은 스크린을 향해 조소 어린 코웃음을 쳤다. 회색을 띤 그의 홍채는 그 색이 점점 옅어지더니, 어느새 짙은 노란빛을 띤 호박색으로 번뜩였다. 그의 가늘고 푸른 혓바닥이 입가에 번진 거만한 웃음기를 빠르게 핥았다. 그는 멍하게 서서 중얼거리는 나의 모습에 온 신경을 모았다. 션은 조이 스틱처럼 생긴 작은 막대 모양의 조종 장치를 이용해 내 얼굴을 커다랗게 확대했다.

"수마나쿤. 라키쉰. 공룡...... 오스윈. 아그네스. 독살...... 보나. 키리. 일사병...... 하무첸. 메발커스. 아쇼디...... 에트체민. 아부크시군. 병...... 프레드. 조셀린. 광견병...... 양진. 무오. 쓸쓸한 죽음......?"

션은 헤드폰으로 들리는 나의 독백을 읊조려 가며 컴퓨터에 입력했다.

"여성 편력. 거짓말. 서클. 미래. 엘렉트라."

션의 호박색 눈알이 '엘렉트라'라는 대목에서 더욱더 환하게 발광했다.

"도돌이표……"

션은 고개를 갸우뚱거리며 스크린 속 나의 표정에 집중했다.

"체이스, 나오미, 어머니, 아버지……"

션의 얼굴이 일그러지기 시작했다. 핵심 내용도 없이 사람 이름과 단순 명사만 토해 내고 있는 내가 못마땅한 것이었다. 그는 손목시계를 들어 시간을 다시 확인했다.

"이제 슬금슬금 나올 때가 됐는데."

션의 호박색 두 눈은 스크린 속 나에게 다시금 고정되었다.

"물방울. 방울 속 얼굴들. 휴……"

션은 나의 돌연한 움직임에 주목했다. 고개를 홱 돌리는 모양이 마치 어디선가 들려오는 소리에 귀를 기울이는 것처럼 여겨진 듯싶었다. 션은 얼른 다이얼을 돌려 음량을 높였다. 하지만 환경 소음 외엔 그 어떤 소리도 들리지 않았다.

나는 카메라를 향해 느슨한 미소를 지어 보였다. 가느스름하게 좁혀진 션의 섬뜩한 노란 눈알을 향해서 말이다. 나는 좁은 공간을 천천히 배회하다가 부엌과 리빙룸의 경계 근처에서 딱 멈추었다. 그리고는 오른팔을 앞으로 쭉 뻗었다. 마치 보이지 않는 문이라도 열 것처럼. 그러자 갑자기 스크린의 영상이 뚝뚝 끊어지는 괴현상이 일어났다. 프레임이 이 빠진 것 마냥 붙었다 끊어졌다를 반복했다. 션의 동공이 활짝 열렸다. 그는 눈을 들어 스크린 앞에 바짝 갖다 대었다. 얼마 후 스크린 영상은 정상으로 돌아왔다.

"설마 네가!"

그때부터였다. 션의 얼굴이 괴이하게 뒤틀렸다. 그의 왼쪽 눈언저리부터 시작된 현상은 두개골 전체로 확장되었다. 기형적 안면 함몰과도 흡사했다. 이윽고 그의 피부 위로 울퉁불퉁 균열까지 생기기 시작했다. 마치 그의 진피층 아래에서 활발한 마그마 활동이라도 일어나는 듯했다. 한동안 계속되던 생리적 이상 발작이 멈추자 그의 얼굴은 다시 본모습으로 서서히 돌아갔다.

션은 시계를 다시 왼 손목에 채웠다. 그리고 헤드폰을 벗어젖히고는 자리를 박차고 밖으로 나갔다.

Mr. Browning

스크린 바깥쪽에서 일순 백색의 섬광이 번쩍 비치다 사라졌다. 의자에 앉아 있던 션은 한 팔로 눈을 급히 가렸다. 잠시 후 그의 고개가 힘없이 젖혀지더니 의자 등받이 옆으로 툭 떨어졌다. 스크린 모퉁이에 나의 머리 일부가 나타났다. 이윽고 달려 들어오는 카일과 나오미의 모습이 출현했다. 둘의 뒷모습이 언뜻 언뜻 스쳐 지나갔다. 얼마 지나지 않아 나를 둘러업은 카일과 그 뒤를 따르는 나오미의 모습이 스크린 속에 다시 나타났다 곧 사라졌다.

5분도 채 지나지 않아 의자 위에 축 늘어져 있던 션이 정신을 차렸다. 그는 연신 두리번대며 나의 행방을 찾기 시작했다. 그는 의자에서 일어나 넓지도 않은 공간을 휘젓고 돌아다녔다. 세워져 있던 가구들이 하나씩 제 자리에서 넘어졌다. 먹다 만 타이 음식이 공중으로 치솟았다. 션은 한참을 의자에 앉아 씩씩거렸다. 그러다 그의 체념한 얼굴이 스크린 속에서 사라졌다.

minnim

작가의 말

무모한 발상.

4년 전 첫 구상 단계를 마치고 집필을 시작하자마자 엄습했던 느낌이었다.

과연 이 글을 쓸 수 있을까?
그럴싸한 구상 일지 모르나 어떻게 주워 담아야 하나?

글을 쓰는 내내 스스로에게 묻고 물었다. 특히 다차원적 대화를 글로 표현하는 방식은 큰 걱정거리 중 하나였다. 다행히도 결과는 행복한 결말이라고 정의하고 싶다. 완벽하지 않을지라도 마무리 짓기에는 성공했으니 나름 해피 엔딩이 아닐까.

외계인이 나오고, 공룡 시대는 물론 튜더 왕조까지 언급되는 어느 평범한 남자의 방대한 시간 여행을 담은 이 이야기는 오컬트 전통의 가장 포괄적인 자료집이라고 평가받는 헬레나 블라바츠키(Helena P. Blavatsky)의 〈The Secret Doctrine〉에서 많은 영감을 받았다. 또한 단편 소설집 〈묘묘한 이야기〉에 수록된 '비행 원숭이 조련사'와 연결되는 이야기로 한 명의 나르시시스트가 인간 사회에 미치는 영향력에 관해 여러 측면에서 고찰을 하게끔 했다.

막상 탈고를 마치니 홀가분할 줄만 알았던 내 마음에 무게가 더해지는 것을 느낀다. 아마 '전생과 환생'이라는 소재의 근수인 듯싶다. 전생의 유무를 떠나 우리가 인간으로 지구에 태어난 이유, 그 탄생의 소명을 이해하고 받아들일 때 우리 모두는 행복해질 수 있다고 생각한다. 예를 들어, 우리의 인생을 어떤 범주의 게임이라고 뜻매김을 할 경우 '그것'은 더욱 명쾌해진다. 비디오 게임을 시작하기 전 게임 매뉴얼을 숙지하고 캐릭터 설정에 공을 들이는 것은 당연한 과정이 아니겠는가.

기쁨이 충만한 창발적 게임플레이를 꿈꾸며.

2022년 여름
민님

www.ingramcontent.com/pod-product-compliance
Lightning Source LLC
LaVergne TN
LVHW041742060526
838201LV00046B/882